Mário Chamie

OBJETO SELVAGEM

POESIA COMPLETA

Título: OBJETO SELVAGEM
Mário Chamie

1ª. Edição, 2025

Supervisão de arte: Carlos Renato

Imagem da capa: Theo van Doesburg, Counter-Composition

Dados Internacionais de Catalogação na Publicação (CIP)
(Câmara Brasileira do Livro, SP, Brasil)

Chamie, Mário
Objeto selvagem: poesia completa / Mário Chamie.
-- São Paulo : Autores e ideias : Assírio & Alvim,
2025.

ISBN 978-65-84832-25-1

1. Poesia brasileira I. Título.
autobiográficas I. Título.

24-230685 CDD-B869.1

Índices para catálogo sistemático:
1. Poesia : Literatura brasileira B869.1
Eliane de Freitas Leite - Bibliotecária - CRB 8/8415

Texto revisado segundo o Acordo Ortográfico da Língua Portuguesa de 1990.

ASSÍRIO & ALVIM é um selo editorial publicado no Brasil pela Autores e Ideias Editora Ltda. sob licença da Porto Editora S.A.

Contato: assirioealvimbrasil@gmail.com
@assiriobr
www.assirio.com.br

Mário Chamie

OBJETO SELVAGEM

POESIA COMPLETA

ASSÍRIO & ALVIM

NOTA

Este volume, *Objeto Selvagem*, reúne meus nove livros de poemas. Dois desses livros são inéditos: *Configurações* (1956) e *Conquista de Terreno* (1968). Em relação a *Espaço Inaugural* (1955) e *O Lugar* (1957) - coletâneas lançadas com apenas duzentos exemplares de tiragem - incluí textos que, veiculados e distribuídos na época, integram e dão corpo definitivo àquelas duas pequenas obras.

M. C.

Para Emilie e Lina

OBJETO SELVAGEM

+

ABERTURA

No espaço do campo, passa o homem e sua miragem.
No espaço da cidade, dorme o homem em sua passagem.
No espaço da consciência, gera o vírus a sua voragem.
Por todos esses espaços, de surda força indomável,
passa o espaço da palavra com sua selva sem margem.
Na selva dessa paisagem, no centro de sua arena,
age a força do poema, meu objeto selvagem.

ESPAÇO INAUGURAL

ESPAÇO INTERIOR
:urbano

ESPAÇO INAUGURAL

O espaço que se mede
e que se perde
não é o tempo perdido
da memória.

Esquece.
O tempo que se perde
é o mesmo que fenece
a cada hora.

Na hora do homem
em casa.
Na hora do homem
na rua.
Na hora do espanto
desse homem
sem tempo
no espaço de cada canto.

Mas o cansaço do tempo
que se perde
não impede o espaço
que se inaugura.

O espaço do homem
na praça
O espaço do homem
em luta
com a fúria de outro tempo
: sua surda fúria muda.

BARREIRAS

Romper todas as portas
é ver por dentro
e por fora.

Estou onde
nos perdemos
se não rompemos
com este hábito
de sala
com este espaço
de cela.

As paredes
têm sua fala.
Estes móveis,
sua pátina.
Cada muro
que aprisiona
mata o homem
e sua palavra.

O grito que se cala
explode no corpo
de sua raiva.

Estás onde
não rompemos
todas as portas
fechadas.

SEM RECUO

Lá onde vai a vista
chega um horizonte
mudo de paredes
imaginárias.

Um horizonte surdo
em que a voz se cala.
Nada fazemos.
Pouco podemos
contra o surdo
mudo muro
que nos instala
aqui
onde a vista esbarra.

Mas lá,
onde a vista escapa,
se instala
outra pista imaginária
de horizonte sem recuo
sobre o muro:
outra fímbria
de outra linha
incendiária.

FANTASMA

Um fantasma ausente
põe tijolo sobre
tijolo ao seu redor.

Primeiro mede o terreno.
Divide o espaço.
Calca com o pé
a planta
que não floresce
sob estacas de cimento.

Depois, a ausência
se preenche.
O fantasma move
a cal, a pedra, a pá.
O fantasma move
o corpo já presente
do lugar em que está.

Presente e ausente,
um fantasma se acasala.
Move seu corpo
de carne e osso.
Come a própria argamassa
e se desfaz
no próprio fosso.
Tijolo sobre tijolo
um fantasma fez seu poço.

A TREVA E A TRAVA

Um gesto que se faça
(este é o homem do povo)
não muda o rosto
de quem se cala
        com sua noite.

Quem por dentro se escurece
(este é o povo em seu sono)
não diz a sua fala
não finge o fingimento
nem morde a própria raiva
no fundo de tanta noite.

Tudo salva e tudo perde
entre o gesto que se faça
e a palavra que se cala
no espaço negro da noite.

A noite de cada povo.
A noite de cada rosto
que se fecha na chave
da treva que se trava.

DIA E NOITE

O homem preocupado
procurava a noite.
A noite corroía o dia
do homem preocupado
com a noite
                    na rua.
O homem via
o que não via
no escuro do dia
por fora da noite
que por dentro
          o assassinava.
Na noite, o homem sabia
o que não sabia
               e se matava.

O MÚLTIPLO

Quem vem lá?
Quem chega e cresce
no tamanho que te anula?
Quem é maior numa figura
de monstro
                                  lento e lerdo
e que te abafa numa nuvem
de paina?

Quem vem lá?
Que ser coletivo e múltiplo
por fora do teu ser
te conclama e te acena?

Que monstro lento e certo
te convida a romper
o teu espaço nulo
o teu inútil muro
de tua inútil pena?

ESPAÇO EXTERIOR
:rural

SONHO NO CAMPO

Fantasmas de carne e osso
se movem no pesadelo.
Na câmara lenta do sono
de uma lavoura do medo
se movem sujos colonos,
legião de homens mudos.
Fantasmas de palha e gesso
avançam contra seus vultos
num horizonte de espelhos.
Há um palco no terreiro,
negro vácuo da consciência.
Sobre o espelho sem reflexo
esses mesmos homens mudos
movem a sombra de outros vultos
desta lavoura da perda
nas sombras do campo escuro.

- O homem perde seu fruto
nesta lavoura da ausência.

Espantalhos de pano e cera
se plantam ao pé da cerca.
Bem no centro deste palco
no pêndulo alto do mastro
movem-se lentas caveiras.
Sem corpo, sem rosto ou rasto
suspensas no ar parado
do vácuo de sua consciência.
Mais acima, mais ao alto
uma ave de rapina,
manso corvo sanguinário,
devora sem sobressalto
a vida de suas vísceras
no cenário imaginário
deste palco de cortiça.

- No sono desta lavoura
eis o homem e sua ferida.

MANHÃ DO HOMEM

- Uma aurora pelo avesso,
uma pluma contra o peso,
este potro sem seu freio.

No campo
desta manhã
do medo,
sob um sol
sem fôlego,
não se vê
o homem
no seu vivo
espelho.

Morto reflexo
o homem
só se vê
não vendo
o fogo de outra chama
a cinza de outra lenha
a força de mais fuga
o potro que se doma
como a flor que mais se estufa
para além da sua redoma.

- Nessa aurora pelo avesso
não se apaga o sol de dentro.

OS MENINOS

Verde, verde grama.
Negra, negra madrugada.

- Nas entranhas
dos meninos,
recém-vindos,
um rio corria
para serem ágeis
como pedras lavadas.

Negra, negra madrugada.

Todavia,
o que corria
pela estrada
era o duro
vento frio,
negro sopro
d'água parada;
poça d'água
morto rio
que secava
nas entranhas
dos meninos
sem mais nada.

Verde, verde,
verde grama.

Negra, negra madrugada.

- Um rosto
em cada poça,
sem cavalo,
sem colheita,
terra batida
e solta,
espantalhos
pela cerca,
morta roça,
os meninos
recém-findos
eram a própria

cavalgada
de cavaleiros
fantasmas
no seu galope
de fome,
feito lobo
feito homem
feito mula sem cabeça
fugindo da noite espessa.

Verde, verde,
verde grama.
Negra, negra cavalgada.

OS SIGNOS: CHOÇA NA ROÇA, CASAS NA CIDADE

1.
Choça

- Pelo campo,
sob o peso desta palha
na consciência,
sob a dor desta ferida
no seu sono sonolência
dorme o homem de cortiça.

2.
Casas

Na cidade,
sob as asas de suas aves,
as casas lançam sua âncoras
no imóvel cais
de um mar parado.
Movem o ar, cores, ruas
navegando as casas soltas
com seu disfarce de bússola.

Maxilares de areia e prata,
telhas pardas,
as casas brancas, cristas,
navegam fixas,
sob o signo e o ás
de suas cartas marcadas.

As casas. Abrem todas as portas
de tantas salas fechadas
com a resina dos segredos
de seus secretos fantasmas.

Olham assim as auroras
que nascem sem mais espera.
Auroras de pele fresca,
doce marulho do sangue
em tempo de primavera.

Abrem e olham. Olham e jogam
o horóscopo do seu jogo,
sobre o piso, sob o teto,
sobre a mesa e seus espelhos,
no ouro de seus agouros.
Jogam o jogo que abre e fecha
as mil janelas abertas
de um castelo de promessas.

3.
Choça

No agouro
do horóscopo
desta roça,
sob as lebres
do zodíaco
desta choça;
pela febre
do seu sono;
sob a palha
já mortiça
quando arde;
pela fome
pela pele
do seu osso
e sua comida,
lambe o lobo
desse homem
de cortiça
sua morta
e viva sorte
mal-ferida.

ZODÍACO
(coro do acontecer)

Fase de nada. Fase de tudo. Fase de sofrimento.

> Na terra, a marca do arado.
> No rosto, a marca do tempo.
> Sombras e espectros. Fantasmas
> no pensamento.

Fase de nada. Fase de tudo. Fase de sofrimento.

> O rosto e a marca; a pedra
> e a água; o fogo no corpo
> e o ácido das espumas.
> O tempo e sua ruína.
> Pressentimento.

Fase de nada. Fase de tudo. Fase de sofrimento.

> Mais que a água na pedra.
> Mais que o arado da mágoa.
> Mais que o tempo e sua marca.
> Mais que mais
> amor e desamor do desalento.

Fase de nada. Fase de tudo. Fase de sofrimento.

LAVRADORES FANTASMAS

Por bichos não os entendo
se dormem em jaula ou cerca.
Por sombras já os percebo
se cai sobre os seus ombros
a sombra de sua vela acesa.
Por feras não os compreendo
entre a caça e a própria presa.

- Esses fantasmas de paina e pedra.

Mais por irmãos os adivinho
entre os pastos de seus passos
pelo verde dos caminhos
que as invernadas do medo
apagam sem mais segredo.

Por vezes, acima do espanto,
já os concebo. Em murmúrio
no escuro, cantam escassos
hinos, mágoas lerdas,
moroso mel de podre fruto.

- Esses fantasmas de sonho e susto.

Com certeza a vista os distingue
espantalhos atrás do destino.
Sonâmbulos, a vista os vê
pesadelo de chumbo pesado
no peso do tombo sem rumo.

Por fim, por bichos os bichos
os tomam, irmãos, sombrios senhores
que, alta meia-noite, à beira do rio,
bebem a água de sua febre,
colhem as flores de seus suores.

- Esses fantasmas e seus humores.

GARRA E MIRA

Neste campo
quando um gato olha, feche os olhos.
Os olhos do gato são as íris
das narinas que farejam o crime,

Mas
abra os olhos, quando um homem olha.
Os olhos do homem são o gato cego,
a pupila recolhida.
Feche e abra a mira
para a ave de rapina e seu morcego.

CONFIGURAÇÕES

NO ESPAÇO DA MEMÓRIA

OLHO NO ESPELHO

Não se pode colher
pedaços de lembranças
na planície deste espelho.

O rosto que se olha
se confunde nos desejos.

Não se pode quebrar
em cacos o cristal
deste segredo.

O rosto que confunde
mais se enreda em seu enredo.

Não se pode calar
o grito
na superfície do deserto.

O rosto que se olha
mais se olha em seu tormento.

Não se pode cortar
à faca a raiz
deste teu ódio.

O rosto que se vê
não se vê tão malfazejo.

Não se pode conter
a morte de quem se dá
no próprio erro.

O rosto de tua história
espalha e se mistura
no espelho da memória.

QUADRO DE PERFIS
:a memória de cada um

NOBREZA DE HERMÓGENES

Hermógenes guardava selos,
estranhas marcas do seu passado.
Erguia contra a luz
finos perfis do sobressalto.

No sono,
sua efígie ficava entre o soluço
e o susto.
Sua heráldica de brasões
e moedas cunhadas dormia
entre os achados que já perdia.

Hermógenes colava selos
no álbum da memória.
(Mesmo os de vagos palácios
e castelos, seus fantasmas).

Um dia perdeu-se a estampa
de sua estirpe em sua Casa.
No sonho,
um guia de capa e espada
abriu as portas de sua morada:
- nenhuma pista, nenhum vestígio
por entre urnas, colchões
rasgados, arcas sob as escadas.

Hermógenes guardava selos.
Hoje só guarda a casaca
de aristocrata
entre a estampa do seu sigilo
e os portões de seu asilo
sem cão de guarda.

JOÃO

João se recolhia em cantos,
recantos e nostalgias.
Não cultivava o alimento
dos vãos e dos calados.

João não se nutria
de calafrios e pensamentos
que vão minando por dentro
os secos silêncios abandonados.

João escolhia as arestas,
as curvas, as reticências,
a falsa nua ciência
dos cupins em suas frinchas e gretas.

João domava as pedras,
o óleo do sentimento, a fuga
dos tímidos sem culpa
em tanta vigília amarga e negra.

João regrava, se a luz
do medo tingia o fracassado,
o pastor do próprio pasto
onde a morte é pó e cruz.

João não se compadecia. Curvava
o touro do mal no rosto dos aflitos,
as agulhas agudas do ócio sem sentido
que tecem as mulheres em cava e cova.

João não conhecia a perda,
o pavor do povo sob a força,
a luta de classes, a praga da roça,
o ressentimento justo da fraqueza.

Puro, ouvindo a canção do leite
em suas veias de morto em sono,
João enchia o vácuo do abandono
como um colosso de fantasma
como um misto de enxofre e azeite
como um limpo e asséptico miasma.

ALCEBÍADES

Alcebíades tem o faro
do passageiro.
Não fingiu atravessar
o Rubicão, nem contou
- para a crônica -
a sua dita mala glória.

Comia a erva
do dia a dia.

Alcebíades tem o dom
do companheiro.
Não engoliu as pílulas
da castração, nem murchou
- para a crônica -
sua espada em úmida bainha.

Comia o osso
com que roía.

Alcebíades tem o não
do sertanejo.
Não sentiu entristecer
o coração, nem quebrou
- para a crônica -
a sua rotina.

Comia fogo
em ter cozinha.

Alcebíades tem o sim
do forasteiro.
Não recusou a retirada
pelo sertão, nem adulou
- para a crônica -
a sua fome sempre viva.

Comia o fofo
de sua farinha.

Alcebíades comia
comendo o que não tinha.

ANDRÉ

Fulminantes manchas de sonho
corriam pela tela
                    da memória de André.

Velocípede, carroça, geringonça
de dança, a câmara lenta
da lembrança de ser criança
tornava cinza a película
retida
                    na memória de André.

Seus músculos eram cordas
bambas, molambos, uma onda
sobre outra onda.
Ponto a ponto, moluscos
de nós emaranhados
cruzavam na tela branca
do bordado enrodilhado
                    na memória de André.

Seu peso neutro flutuava na sombra,
no espaço vácuo que sonhava
outro corpo fora do seu corpo
                              em outro céu.
Na abóbada sonsa de azul curvado
corriam outras manchas
feito fetos sob efeitos de etéreo
éter em álcool transtomado.
No transbordo do transtorno deste sonho
um rosto seu em outro rosto deformado
passava pela abóboda
                    da memória de André.

Pernas, braços, gestos de longínquo
afeto, bonecos e bonecas, caprichos
mutilados, trapos, olhos vagando
sem olhar no seu olhar de fora
corriam para dentro
                    da memória de André.

Demoradas nuvens de remorso
vinham mansas se pôr no canto
de sua lembrança adormecida.

Nesse instante apenas
num relance de janela
sem pupila, surgia e ressurgia
o rosto seu de operário em sua tela.
Um rosto que era seu em outra esfera.
Um rosto que retinha na retina
a luz de um olho cego que não via
o fogo da ferida que doía.

Fulminantes manchas de abandono
apagavam o sonho neste sono
sem memória de André.

ANTONIO DE RAPINA

— Dá cá o pé, papagaio de merda,
era o que se dizia
Antônio da Silva,
em seus cuidados de domador.

O que domava
não domava o tempo
no seu espaço caviloso.
Não inaugurava o covil
do seu poço.

O espaço da memória
não ensinava ao verde-
gaio a memória do tempo
de Antônio da Silva.

— Dá cá o pé, papagaio de nada
repetia o domador
que no verde-gaio se via
no abismo de sua hora.

Nessa dádiva morta
Antônio de Rapina
raptava a hora grave.
Cantava a própria sorte
no bico de sua ave.

HELENO MASTROVIGA

— Um pouco de sal na comida
não é o sal da vida.

Dizia-se Heleno
Mastroviga
pensando na morte
por divisa.

— O sal da vida
só tem mesuras
não tem medida
só tem agruras
em sua desdita.

— Mais que o sal,
certo feno,
dizia Heleno
Mastroviga,
é fruto de ideologia.

— De ideologia
que faz da vida
a conta de tanta
morte pressentida.

— E se o sal pusesse
a vida na vida
não haveria a morte
com sua perícia
madrasta e forte.

Assim se dizendo
com mais valia
Heleno Mastroviga
mascava o feno
da ideologia,
doce veneno
de sua vida
sem mais nem menos.

DIÁLOGO AMOROSO

- Pus a mão
  no teu púbis.

- Púbis, não:
  vulva.

- Ora, Muito
  erudito
  para a minha
  mão de luva.

- Tirei a mão
  do teu pente.

- Pente, não:
  pentelho.

- Ora, Muito
  vulgar
  para o meu fogo
  aceso.

- Assim está
  meu rochedo
  no monte
  de minha Vênus.

- Assim se põe
  tua palma
  na pomba
  do meu desejo.

Ora, pois
Assim se viam
Os dois,
Joaquim e Maria
Maria e Joaquim
Diante
Do duplo espelho:
Corpo no corpo,
Pelo no pelo.

A ESQUINA

Um olho, um jorro, um raio
partem daquela esquina
e te perseguem por todas
as alamedas.
Aladas vespas
já nesta curva te circundam
e te condenam.
De que servem
as avenidas, se os anéis
que te constrangem se deslocam
com teus passos?
Nesta cidade
um povo, além de tua imagem,
se move sob o mesmo raio
o mesmo jorro
o mesmo olho.
A roupa com que te vestes
se suja. A explosão
que te faria brilhar
por um instante em pleno dia
se retrai.
Estás fechado no cofre
de tua pele, na pele de tuas
vestes numa só tecida teia.
A cadeia
que se move com teus passos
não se esconde no rosto
que te espia daquela esquina.
No rosto que te espia
e que condena
na imóvel viagem desta passagem.
Um povo caminha sob o mesmo jorro
o mesmo raio
o mesmo olho.
além da tua imagem.

O LUGAR

O LUGAR DAS COISAS E DAS PALAVRAS

UNIUIVO

(sobre a origem da fala poética,
grito e uivo de contida fera no
silêncio das coisas mudas)

1.
Volumes esparsos, as coisas tentam se unir.
Se chamam no espaço, unido uivo.
Fiéis aproximam-se mas o vácuo intercede.
Intercedem alpes que álgidos sufocam
a área para o seco uniuivo.

Lobos com pata e rastro na geleira.
Secos somos, as árvores, sim tudo casco.
Terrível simplicidade, a fera vê a origem
por isso agride e volta. Incomunica-se
fiel ao vácuo onde também caímos.
E conosco a flor, as aves, vosso medo
e o que é denso nas coisas em seu degredo.

2.
Coisas simples em torno.
Cadeira, mesa, estojo.
Fácil acaso, lar aceso
pois ocultam o bojo.
Simples a mesa, gélida a cama
sem corpo, fria invernada.
Mas sobre suspiro findo
dos bens, pobres poentes,
por nós jogados ao léu:
lenço, faca, chapéu.

Coisas simples em torno
progridem a involução.
Voltam ao côncavo
vácuo sem pesadelo.
Voltam às lentas câmaras
que aranhas tecem
com o nome de sossego.

As coisas não se contemplam
nem movem as próprias órbitas,
seus próprios gestos, máquina
de sangue nas pernas, braços,
rosto e o quanto é pleno jogo
no jogo do próprio corpo.

Elas estão aqui em torno,
sem júbilo, dormindo,
sem nada que as reverta
para a fonte de outro início.
Dormem na origem
da vaga sonolência
de nossa muda ciência.

3.
No entanto apago
sombras da vista
que as mancham sempre.
Navego na sua abulia,
na pele da superfície
deitada em pedra. Viajo.
Viajo para o porto
sem navio deste mar
parado. Paro para a busca
de algum nome
sobre as coisas nomeado:

- cão, cavalo, homem,
outros seres animados,
fonte da sílaba,
elo da liga
                                        das palavras
na cadeia destas frases
no branco de tanta página
contra o branco deste espaço,
aquém da fera e sua fala
além do grito calado.

4.
Grito, contida fera, que pode o poema
em seu triunfo? Em que esfera vazia
é resto de ruína, rinha de furacão e cisma?

Que pode a fera no fogo do seu discurso,
se no bojo das coisas dorme seu mudo uivo?

Pode o que pede a frase dividida,
unida frase do homem e seu partido
entre cidade e campo sem mais cultivo.

Pede o que pode a palavra, lugar de origem,
seco sol posto nas águas da vertigem
seco sol quieto no bojo das coisas simples.

Pode o que fala a fala que aflora
entre o eco e o oco da memória.

O LUGAR DO HOMEM URBANO

HOMEM DA RUA

Não que o homem da rua
leve o motor da angústia
em seus passos.
                    Não que o seu passo
se marque de sono e peso
                    noturno em sua passagem.

Tudo o que sabemos morre
na esquina
                         em que caminha.

O homem da rua caminha
em nós.
Por fora, caminha
e por dentro o nosso
                         passo

                         já sem rumo
                         passa
                         no suspenso espaço
                         lasso do teu cansaço.

GALERIAS

Nas vastas galerias de sombras
passam os detritos. As ondas.

Um barco navega: fantasma
com ferrugem nos cascos
com caveiras no mastro
com salsugem nas quilhas.

Nas baixas galerias das vias,
o lodo concentra-se em pilhas,
um sapo deglute a mosca,
seu peixe de água salobra.

Nas sujas galerias do esgoto,
um crime carrega seu corpo,
um trem trafega sem rumo,
um lodo concentra seu sumo.

Nas vastas galerias de sombras,
o pesadelo pesado do povo
pesa seu sono de chumbo,
dorme em seu leito de escombros.

GUARDA

Por quem somos guardados,
                    sitiados?
Que personagem sem face
nos persegue em seu disfarce?

- Um guarda civil
mais seu perfil?

Um guarda civil
guarda a rua
apressa o passo
e te amedronta
na hora escusa.
    Não fuja.
Um guarda civil
bate trêmulo
a espada e a fuga
na medula do medo
de nossa solidão.

- Um guarda noturno
e seu não diurno?

Um guarda noturno
ronda a casa
e te suspeita
em plena praça.
    Em casa
o fogo corrói
as paredes na flama
    da paixão.
Um guarda noturno
guarda o cárcere
a casa da casa
neste bojo e cela
de nossa solidão.

- Um anjo da guarda
em sua farda?

Um anjo da guarda
não guarda nada.
Nem o espinho
nem a espada
que nos mata.
Vive no vácuo.
Volátil. Aéreo.
Come o vácuo
de seu próprio
mistério
nas horas vagas
de nossa solidão.

Por quem somos guardados?
Qual a dupla face
em seu disfarce?
Se pelo sim, se pelo não
quem nos liberta agora
desta prisão?

UM E TODOS

O que podemos
não podemos
de uma hora
para a outra.

O que sofremos
resolvemos
num pântano
de lama
escama
e gelo.
Nem mesmo
nesta hora
de escama
lama
e medo
temos barro
ou pedra.

O sentimento molha a asa
nesse lodo e nessa erva.
Conheço a sua selva.

Não cortes os fios dos teus nervos
por teus erros e pelos erros
deste desterro.
Não somos um.
Mas serás todos
sofrendo o mesmo medo
no mesmo engano
com outro espanto
de escama
e pedra
num outro pântano
de barro e treva.

O que podemos não podemos
de uma hora para outra.

PALAVRA DE HOMEM

Um pouco de amargura não resolve.
Um pouco de amargura
se dissolve,
se nesta cidade
não conheces o outro
que está perto e pouco.

A palavra de homem
em tua boca
espera a palavra e o nome
de peso e cobre.
Espera a voz do outro
que acusa a palavra pouca
e explode a armadura
dessa amargura rouca.

Falar não salva o homem.
- Estás na outra
palavra do outro
perto e solto.
Falar não abre a porta
não abre a cela
não salva o foco
de tuas chagas.
Falar só salva, salvo
se o outro
do outro lado
fala por tua boca:
- a fala pouca
que te dissolve
a arma pura
desta amargura
que não resolve.

PALAVRA AMIGA

A palavra do amigo
consome
na calada do abrigo
            a serpente da voz
            sem dobre.

            Um abrigo
côncavo de cobras
modula um grito na voz
sem nome:
                ninho de vermes.

Onde começa o diálogo
começa o poço de nervos
o foco de atritos
   entre amigo e inimigo
nesta casa
                nesta rua
                nesta praça
                nesta sala
recinto de amor extinto.

A palavra da amiga ao amigo
é um ninho de aflitos,
enredo entre amor e amante
no mesmo nicho.

Presente
            cada palavra
                            no abrigo
a cada instante
mais anula o amigo
                                   ausente.
Mais açula o grito
                               a rixa
que tanto lixa
                os nervos do homem
com sua voz sem nome
nesse estado de sítio.

O LUGAR DO HOMEM NO CAMPO

CHEGADA

Sujo campo.
Aqui salta o gesto amanhecido
do pequeno nascente:
nuvens, rubro horizonte de cordeiros.
Aqui chega um homem
e conta a tarefa deste retorno
da consciência em fogo.
Aqui um homem menor
recorta o tempo e se perde na planície
com seus pedaços de ternura
misturada ao amargor da nova idade.

Não traz de longe passivo ódio
nem a flor de muita levitação
pela fazenda onde os gravetos
vinham às costas deste homem bom
e eram levados ao forno, entre rastro e orvalho.

Este homem respira agora os teus flancos.
Planta na múltipla invernada
seus pés madrugais.
Respira os flancos, os poros da terra
e a secura de tuas várzeas
conquistadas com o labor dos pulmões
e a combatividade dos olhos.
Respira quatro estações e não se sente corpo.

Sujo campo,
a chegada que o trouxe não apaga
o fogo dessa ferida.
Os trapos de crepúsculo dos teus telhados,
os teus currais inalteráveis
o convidam a lavar nas tuas águas
as duras pedras do passado.

Aqui chega um homem
e conta a tarefa sem mais remorso
de outra partida sem mais retorno.

OS AGRICULTORES

Estão lá fora colhendo
a calma e o cereal.
Colhendo o ódio inteligente
das raízes. Lá fora
o hálito que atira o fruto
contra a nossa convivência.

Colhem a máquina
de compor o gosto.
De ferver a aspereza
a máquina em clima ácido.
Ácido o suco sobre a língua.

Poderão adormecer depois,
finda a ceifa, esses vigilantes
que trabalham a polpa
de sua morta força.
Acima das estações eles
esperam o prazer do céu
da boca comungando o sumo.

Antes porém do sono,
antes do peso e queda
nas profundas úmidas
do repouso:
                    uma voz sem fala
- fria revolta aguda -
um gesto sem rosto
um frio brilho fino
chispem sua fagulha
na retina dos seus olhos.

A CEIA

Serenamente, eu poderia me alimentar.
Me alimentar desse jogo sem excesso
que é um pombo morrendo na tarde.

Sobre a carne o óleo eu poria,
senhor de mim, rigoroso em minha calma,
não fosse a mesa.

Não fosse o seu poder
para dispor a agonia, meu alimento
nesta ceia, minha calculada cinza.

Serenamente, eu poderia me alimentar.
O voo, porém, assassinou a tarde.

VOZ DE FORA, VOZ DE DENTRO

Iluminava e não era o sol.
Lá fora, a voz trazia a sala
para a intimidade.
Reza, riso no auge da fala.

Da serra descia o quieto
veludo da voz que nos prendia
ao solo calmo, sono incerto,
escura paina interior em pleno dia.

Plena a voga suave da voz
fazia pleno o rosto,
suave a casa, os gestos,
desmaios de ruídos
na surdina dos convivas.

Muito recebíamos a voz.
Muito recebíamos
o silêncio do seu filtro,
manso grito repentino
no grito da lembrança.
Muito ficávamos à espera
do mudo relâmpago da consciência,
esse outro sol que de repente
tanta treva já rasgasse
no sono de nossa cela
no escuro da mesma sala.

Pois tudo era a voz: aviso,
fio de faca, guizo de cobra,
veneno lento,
                                        rumor
de incêndio
na comum paina interior.

EXERCÍCIO DA MEMÓRIA

Vago exercício de sóis,
cristais proliferados,
o dia, nessa invernada,
esconde o segredo
de uma dança não dançada.

Aqui está a lerda insônia
desse homem que retorna
ao início do caminho,
comendo o vago lírio
do seu sono no abandono
desta hora.

Nesta roça,
vago exercício sem escolha
é o jogo da desforra.
Entre a fauna e a flora
a dança que se dança
na lenta câmara da insônia
traz à tona agora
a morta vida de outrora:

grama, palha, pasto, légua
          sexo de fêmea
          fome de homem
          trégua de fera
          entre a raiva
          e a flor amena.

PLANTA DE PÉ, O SEXO

Lucinda, teu surto
das alfaias alimenta
a fome animal
que espera em mim.

Teu mento, a inegável boca
não repetem severa história.
Repetem apenas o fogo do refrão
no incêndio do murmúrio
sobre o corpo, Lucinda,
que alucina os teus poros.

Talvez seja o espasmo
no pasto que nos chama
talvez a voz deste estribilho
que as harpas fêmeas do instinto
cantam num só gemido.

Pois bem, amiga - aqui
no cerne do desmaio,
feroz é o êxtase,
planta de pé retesa
para o salto.

Lembra: não foi, não é.
Está sendo, desde quando
vem sendo inapagavelmente.
Tanto dura o sexo.

Por fim, dormir, riscar o breu,
manter-se pétala afrodisíaca
contra dissolvente chuva.

Por fim, Lucinda, lado a lado
corpo a corpo
voltar como voltamos
num só retorno
ao pasto de outro campo
ao sal do assalto
de outro lance
no rio do mesmo sangue.

O LUGAR DA ORIGEM

O ARABIANO

Estou fechado por aqui.
Se tento por ali
a brisa leve que enleva
levemente as pedras,
por ali o homem escapa.

Fico.
Logo já me cresço com retina
e mãos e mudo as mãos
e as mãos perdem a chave.
Durmo.

Depois renasço ao largo
do vale em que Taurus
inquieto desenha os cornos
no cromo da flutuante Aurora.

Quase me perco neste afogamento.
Mas me defendo.

Em sonho,
Tânger, um Tigre avança
e caio na ladeira máxima
de Elêusis. A surpresa
paralisa a queda e o mito,
e me apetece conhecer a fonte.

É quando me sussurram os deuses
não menos quando flautins
me arranham a pele e lambem
o cordial afeto arabiano.

Se me ilumino?
Se me faço solução?
Indizível coisa... não menos

quando

deixo que Taurus, Tigre
e flauta que Messias afina
na encosta da Saudita
me joguem, eu o arabiano,
para o recreio nu
de sob os pés sentir areia,
areia sob o peito, pênis
                                        e voltada face.

RAMA E ALGA

Segundo minha palavra
Pitágoras dizia
às costas do mar da Jônia,
nas águas mediterrâneas:

— aprendizes da esfera
e ângulo,
rapazes cujo arco-íris
da pupila contempla
a transparente ânfora,

rapazes:

a cidade meridional
descanta o discurso
de um não nascido
menino ao tempo nosso.

Segundo Pitágoras,
o mestre quantitativo,
eis a linguagem numérica
de meu sono coletivo:

— reino êmulo
reino múltiplo
de tantas raízes
como poliedro
reino polvo
tal ram'alga flutuando
nas águas de meu povo.

Pelo que me legaram desde a origem
pelo que me legaram desde o Mediterrâneo
até a Síria assídua como serpe séria
não descansarei nas terras de meu encontro.

Reino, reino, reino sou o vegetal,
o numeroso, neste pântano
onde vegeta o polvo entre meu povo.

A BANDEJA

Mãe, dê-me a bandeja
que está do outro lado
da história com xícaras
douradas de um ouro
excessivamente cristão.

O qual veio das Cruzadas.

De qualquer modo me dê
a bandeja e sirva
ao hóspede vindo de ser
beberagem das raízes,
antigas floras e pó de cartomante.

A bandeja está do outro lado.
Como do outro lado do dado
está o número de renovar-me,
de ser eu nesta cidade
entre o voo e o pouso,
entre o mar e o porto,
com seus tráfegos benzedores,
mãe da sorte.

Na ponta dos dedos uma lição
de equilíbrio resolve o enigma
e eu a seguirei. Sem pressa
e préstito, seguirei os meandros
chineses das xícaras douradas,
tarjados caramujos
de labor e instinto
com que te sigo seguindo
pelo meu vão labirinto.

Um gesto seu é o suficiente.
Um gesto me acaba hóspede
em degredo nos segredos
de outras hostes,
outras rotas para um reino
sem começo
que começa pelo avesso.

O LOUCO

Cor que não tinge,
garra que não rasga
o linho e a lucidez
do rijo equilíbrio.

Da sua demência
severamente lógica
escorre um ar de garça
apoiada no chão da fúria.

Onde estará o louco?
Numa quadra, nesta praça,
numa pista
que anula paralelas?
No avião, entre azul, azul
e o estanho pardo da terra?

Ele está é no claro pátio,
No claro asilo trilhado
por vias limpas e desordenado
júbilo.

Ora, lá devem as coisas
chamá-lo: - Senhor!
Correto senhor ao centro
da meticulosa planura.

E o louco, nesta altura,
esquadrinha a parede, projeta
em vaga cartolina
lisas peles de nítidos
anjos como se sabe reto.

Pois sua mente é reta,
seu riso: - chispa no dente;
sua roupa: - fino friso.
E engomado seu peitilho
branco servirá
o exército vermelho dos punhais.

HORÓSCOPO

O que sucede, a ronda
do que nasce, o fruto
como um grito de homem,
como a haste de um tronco,
leve, leve.

O que sucede,
a voz, fluxo do sangue, a rosa,
o que sucede, o que sucede,
enfim,
a ronda gira o amor
que em mim
a ronda faz permanecer.

Esta é a origem.
Esta é a fonte
que se esconde,
manhã fechada
em sua névoa.
Mas esta é a água
que rompe a névoa e lava
o visto verde,
o bosque, a sombra
e o redivivo verde
na enseada.

Esta é a origem,
a ronda em onda
na mesma corrente
solar da criação;
no mesmo sopro que enleva
a vida de uma pluma;
na mesma calma de um fruto
na manhã:
                    - romã
girando entre os dedos
da mulher na ronda girando
na ronda
o horóscopo do ventre, o filho,
o outro fruto em sua redoma.

O que sucede
avança e recua
do centro ao círculo
girando no mesmo ciclo
que se inaugura.

O que sucede
faz do fim o meu começo,
da ida a minha volta,
da volta o meu início
na ronda em onda
dos meus rodízios.

OS RODÍZIOS

OS OFÍCIOS / DA MIGRAÇÃO / NO QUARTO

OS OFÍCIOS

OFÍCIOS DO BREU

I.
O escuro faz com que:
Os lados se prendam
como palmas de ímã,
como toque de polpa,
luz do possível e pouca
já no bojo da manhã.

Sopra o sopro do breu:
uma, duas, sãs rosas
ou fôlego gira do céu.

Assim faz-se o ofício
do sêmen no ventre
que trazes, trazendo:
pólen e poro no corpo.

Pois assim é o ciclo
parado na noite
sempre (vela) velando
um homem, a rua,
estojos do transe
na esfera cerrada
que aguarda a lua,
que aguarda o dia,
que aguarda o ruído
muito montado do sol.

Os tatos se chamam
homem, mulher, himeneu.
Os corpos se chegam.
Os cascos se riscam
                    no breu.

II

Ofício: um peixe se valsa
na água já lâmina.
Um sopro se sopra
de um cálido e boca
no sal desta água.

Té as uvas se salgam.

Té um inseto se vibra
com a morte precoce
tão breve-ó-segundo
de aparecer e sumir.

No escuro tudo se deixa.

Té a pomba branqueja
ao ágil recreio da caça
amada mira minha.

O breu: o erro no acerto
o certo no errado
um vice no verso
de um corpo no outro
nem mal se revezam
no ofício, himeneu
que é o ciclo da terra,
que é a febre da noite,
que é o sopro do breu.

OS LIAMES

A
(floral)

1 - Ligam-se? Liberto vou de raça e origem;

2 - Cravo visto, acaso, ocaso sério de sombra.
Ligam-se? Ao dínamo do corpo se sorvem de fúria, foz,
recalmo éter;

3 - Cravo, liga, vulva, válvula, ocaso visual de chama,
ninguém fluindo o fluxo do sangue pelo sangue sabe.
Pois, água, suor de éter suamos. Somos

4 - amor, flor, homem e vírus da fome. Ligam-se?
Nada e tudo nos liga: do caule à polpa, da pele
aos poros;

5 - O pólen seca no teu oco, cravo, vulva, bolsa
de fino buço e róseo poço.

B
(lúdico)

1 - Exercício nas pernas e a dança em tábua rasa
do solo, chão do corpo;

2 - Exercício de arfar. Em cada rótula, nas pernas,
um foco solar e a dança em torno ao poço, cave do olhar;

3- Por dentro, nós, a hora que escorre e dorme.
Nosso rosto, nosso gesto, a mão e o passo dançam
em torno. Curva do ombro;

4 - Cada passo é um jogo, cada mão é um passe no
dorso. Mágica;

5 - Lúbrica. Em torno, dentro e fora anda a onda:
se demora no fluxo; se demora no ventre, móvel
cobra que, lúcida, já amamos sem dor, nem por
nem menos. Fálica.

C
(afetivo)

1 - A fala devora o ócio, mulher minha. Toca-nos
o céu enjoado de sermos a espécie que o solo, sob, devora;

2 - Dói o processo do consumo nosso, os dois, nós
somos completos corpos de sonho tragados por ópio e éter;

3 - Ouso: estende-me a fala. Falo: o corpo se vê
em queda se quer ser leve. Ouso, e o corpo se entrega
ao meu resgate;

4 - Falo: a língua fere quando lambe a fome do teu
gesto lasso; e a fala come a calma de tua fome
quente, devoradora amante;

5 - Mas calo: pois deixo e mordes minha relva negra
e matas, sem nome, meus rancores de homem;

6 - Há tanto que ferir-nos, mulher minha, com a
mansa fala que toca o nervo nosso, ferida amena
no bojo do teu cofre, arcabouço e fera a espera
de outro corte.

VERTICAL

Um cão contra o muro
não é o animal contra
o lar, domínio escuro.

A folga
de um cão remonta
ao crime por mim
desempenhado astral.

Por isso o uivo empolga
a erva tenra do quintal
que acolhe o som carmim.

Um cão contra o muro.
Jamais é o animal contra
o homem, segredo sujo.

Um cão
a rua espanta e se alonga.

REZA

Oremos:
1 - trancemos fitas, ofício do óbito, crepe de-cujo
é o morto. Cetim trançado, ajoelhemos ao lenho.
Aceso com jeito operário de esforço.

Opus é o óbito.

Oremos:
2 - olhemos os fracos, padece o denodo. Os fracos
se sorvem em água, à noite. Dia faz medo. Suor
nos poros, o quente do corpo produz.

Opus é o óbito.

Oremos:
3 - cruzemos o ar, bravio mas incógnito. E relho,
se crispa, açoite relincha nos veios da cruz.

Opus é o óbito.

Oremos:
4 - levemos a cruz. Tormento cumprido no ombro,
ao longo, é longo. Óbito, tecido, prece. Óbito
tecido de prece.
Morremos.

Ó pus!

O POETA VÊ SEUS PAIS

Velho, o sangue continua
em fé e avanço nunca
mas no corpo todo roxo
pois se exercita e sua.

Onde, velho, as vivas leis
(leis sem noite divisória)
a tornar um aura-e-força
tal o povo em seu País?

Árvore alguma, pai, ou ramo
distila o unguento e sopro
de raça. Outro esforço
nos criou e fez rebanho.

- O esforço, mãe, das pernas
que invocam à terra santa
alfanje, nozes, serpes bentas
se fugias já materna.

Materna geraste benzedora
o filho além do teu lugar
remanescente. E o filho quer
teu filtro de retorno agora.

Vá, vamos. Cápsula do sangue
teu, velho, eu vejo, velha.
Vós, dois mortais na espera
em mim de um rio exangue

que nunca em fé e avanço
continua, mas para a síria
assídua como serpe séria.

O sangue em mim e sua história.

SEMANÁRIO NO TEMPLO

Segunda

Lírio e gesso na sombra. A igreja está na ocorrência
dos móveis: ela, amuleto e chifre, ali, não lembra.

Terça

O núcleo da carne contra a igreja, o pão chamando,
ocorre o vinho. Contudo em véus azuis me adivinho
como a graça vai na pomba, do ombro de Jesus à
coxa de Vênus.

Quarta

Senhor, a igreja é os muros, o clima dos muros, os
muros que se tocam de mortos. Eu vivo noutra nave,
no corpo de outros portos.

Quinta

Aqui os velhos arrastam os pés, eis o caráter. (O som
se permite nos sinos, bate). Aqui estão pelos corredores,
acendem velas, lustram colunas, os velhos perante velhas.
Todos se rendem ao hálito nas ogivas, ar nas telhas. Mas
sobre os muros resta a porta dos fundos, senhor. Resta
o altar: enorme garça de costas, senhor. Vênus, véu, voo.

Sexta

Não começa em mim, começa no pecado. A dor inclui um
osso no poço da carne. Virgens cantam, os móveis se
recolhem, o salmo. Sombra, passam velhos, as vestes
longas. Vésper. Vésper traça um risco sobre o telhado.
Igreja, eu te resisto. Quantas são as bênçãos? Quantas
as penas? Que aura roxa afoga a fome de nossa boca?

Sábado

Inquieto patrimônio. Não toqueis nas estátuas. Grande
é o templo, maior o demônio: a alma deságua no azul
que espera em Vênus. Era de eros.

Domingo

Sete diabos. Sétimo dia do cio contra o cinto. Quatorze
chifres no brilho deste ouro que alumia. Tristes os
velhos, tristes os trastes, a cinza de um morto incêndio.
Sete vezes no teto desta igreja a sombra de outro templo:
o hálito do demo nas asas de Vênus, no fluxo deste vinho,
via do meu sangue, doce veneno.

O SORVEDOURO NA PRAIA DE ZINDRA

O sorvedouro

Sol, sorvedouro de ouro.
Sol, sorvedouro de osso.

Quanto descarnado tens?

Sol, sorvedouro da vida
breve, se o sol mal semina.

Sol, claro sopro furioso.

Sol, sorvedouro de aura
que tange cabelo solto
em cavalgada de sombra.

Na colina existe um poço
para onde eu já desloco
fidalguia e choro exato.

Sento-me, sol, ao largo
de uma ponte e te destrato.

Sol, bebedouro só, amargo.

Na Praia

Nem se lamente.
É a mulher achada no solo.
É a mulher morta ao sol
no assassínio do nada.

Gentes a buscavam,
o peso nos ombros
as têmporas inchadas.
Sálvaro a buscava
pelo pardo canal da ânsia.

Não se lamente.
Acharam a mulher perdida
num recanto afogado da praia.

O peso nos ombros
as têmporas inflamadas,
nós outros sem pista
permanecemos
de pé ao seu redor.

Apenas a areia
nos consome a vista.

De Zindra

De Zindra, os reis estavam cansados.
E pousavam os testículos sossegados
sobre assentos do tempo morto.

Calma só chovia pelo horto.

Nesse tempo
eram zonzos os instintos dos reis.
No sono se moviam as pedras de xadrez.

PAINEL COM POTRO

Rosa, primeira paixão.
Rosa da sua espécie
um potro pisa a erva,
manso êxtase selvagem
ou esforço de explosão.

Rosa, fera, entressonhado
painel de fogo e giz.
Meu potro ainda agora
crinas exercita e imóvel
na vertigem onde me fiz.

Negro fascínio do amor
bebido em dons de éter.
Potro, relincham as águas
e um torso negro de égua
já em rosa se oferece

As narinas lentas acolhem
o cheiro da erva leve,
vago pulmão em torno.
Quentes, as mãos incendeiam,
no amarelo deste outono,
as ancas de tua febre.

Pelas crinas passa um frêmito.
Ciscam o chão fingidas aves.

TOURO PRESO

Touro não passa aqui
que passava e pastava
com lentidão canhestra
a ânima verde grama
coberta de sol coberta.

Sua fêmea dormira lá
onde era perto a foz
do cio, o sangue-touro
que sente o homem só
rubro nó placentário.

Não são aqui nem lá
os animais, o sexo puro
convertido em anjo mero
sem sêmen, sem útero
morto de ser andrógino.

Onde o touro? Onde o feno
para o ofício comedouro?

Como pode haver o touro
nesta arena a sua fêmea?

Aqui os cornos são dilema
            de unicórnio.

O ESCURO

a) Pousa para saltar mas não desmancha o seio que esbanja o cio.

O escuro oculta seixos
em aspas de veludo
mas não oculta o eixo
de um sol feito a fio
a cio de cria e mudo.

b) Pousa quase sem ar mas não desmancha o suor que aquenta o estio.

O escuro extrai o olor
a calma duma pedra
bem dormida onde for
gleba que humus gera
seja outono, seja o frio
esterco de pura hera.

c) Pousa também lunar mas não desmancha o fluxo que excita um rio.

VENTRE ESCURO

Epiderme contém o rubro de uma fúria pessoal.

Laboram as mulheres uma
a uma com os tendões,
os rins e com a pupila
turvolina, azul e lisa,
o ser nascente animal.

Cravo: julgo sem domínio
as visões de cada uma.
Luz: o feto é vindo
ao cio de amargo sal.

Epiderme contém o rubro de uma fúria pessoal.

Vem o feto progressivo
se nutrindo se munindo
do fino ar feminino
feito sangue
ou festa germinal.

Dura o transe nelas todas.
Dura sim em sua roupa, coxa,
pleno nojo episcopal.
Tanto contém a pele o rubro
tanto de uma fúria pessoal.

As mulheres ampliam o espaço
fecundas com ventre escuro entre a noite e o sal diurno.

CANTO FUNDO

Zindra,
o reino sonolento
estala
o relho
de sua dança.

A mulher, mantilha,
a dança
no rochedo.

Lá,
o grito se faz em gesto
em sexo se torna a voz
em fogo se toma o corpo.
Sob o sol
parado é o êxtase
do rosto.

Agora,
rasa sem história, séria Espanha
no corpo da mulher que dança

se consome o movimento
do teu ventre pleno
concebendo a flor e o homem,
reino da raiva.

Zindra,
a perna, a rótula, o pé e a planta.
O voo da mantilha: a dança.

Lá,
a mulher mexe a corola,
umbigo que escorre mel
do teu só país de touros.

Quem fez o tímpano para o trejeito
e a hora?
Quem fez a gula desta castanhola?

Não foi a cova. Não foi o leito
de arena quente, praga de *fuego*.

A areia e a arena, séria Espanha,
Guardam
                o ouro
                        do solo:
                                rês do touro.

A arena e a areia
invocam sobre a oliva de muitos corpos
a sacra fúria do canto fundo.

Tua garganta, Zindra,
fere os cristais do mundo
e a paz de cobre dos pobres mortos

que agitam a pele mineral da vinda.

UM LADO DA PIRÂMIDE

Sol
a visita do sol
ao torso só do herói anônimo.
Homem do povo. Calo aplainado
pelo tempo que a pedra vê paciente na
ruga sem contorno. O trabalho sério alinha-
vado entre as chamas mais queimadoras
que a íngua viva de Sísifo e a loucura de um
velho operário pensando surgir a história. ÁGUA
traz, a água lisa, depois composta cal, o balde
embalde à margem da areia. Eram, outrora, os re-
mos, o ouro, paixão de Creta, a ilha fêmea sobre
a pedra; não o de agora edifício sem nome, anô-
nimo como o homem do povo. Contudo era a
mesma água, a mesma cal para a pirâmide; a mesma
aresta de outra festa na história que se repete com
a visita do sol sobre o mesmo vulto que se mexe:
o homem do operário sem nome. Calo aplainado
pelo tempo, no ofício deste edifício era, outrora, o
servo de Ramsés perdido em espesso e pó; e é,
agora, o servo no pó espesso da mesma história,
SÓ.

NARCISO

Curva-se a engrenagem
do homem, paisagem:

- eis o rosto concebido raso
na água limpa de barro.

Curva-se o homem, já cenho
com seu plural e engenho:

- bom garbo de sonho posto
no sono que agita o poço.

Um bicho? Não fosse. Varão?
Duplo corpo em solidão.

- Narciso espelha que morre
no espelho em que se dorme.

A LÍNGUA

Os lábios se gastam.
O escuro os prende
enquanto a língua
revira a esponja
do verbo prenhe
que diz a longa
missão de légua
por entre a vária
paixão sem leme.

A língua espanta.
Contém saliva
hidrato e fera.
Contém a festa
do bicho em viva
espécie de meta
que se diz salva
na hora avessa.
Vão susto rude
que nos desperta
da baba espessa
de sermos queda.

A língua queima.
A língua enxuga.
Mário a externa
na risca e ruga
do rosto, emblema
lançado à área
da só angústia,
já quente areia
que a chuva mansa
caída amena
amaina e suja.

Sempre a temos.
Cio depois véu
excita os remos
das vozes naves.

Em vão Orfeu,
na voz dos ventos
(a nau das bodas)
soprou na lira
as águas leves
do mar Egeu,
falando a língua
das nove penas
do seu inferno,
das nove cordas
do seu mistério
que excita as aves.

O escuro a chama.
A língua despe.
A língua lambe
pelos morenos,
monte de vênus.
A língua fere
no som, na carne
que me reflete
homem sem norte.
Pois uso o termo
que já expresso,
rasgada a veste
que fecha o corpo
que fecha a fonte,
fechado esquema
da podre farsa
que nos condena.

Língua, vírus, légua
esponja e régua.
Eu Mário, a fala.
Ela, a nossa carta
com o jogo inverso
de me ser forte
se me dispersa,
se me concentra
se me constata
a força exata
de não ser trôpego
nesta palavra
de fogo e fôlego
sem breu nem treva.

Acesa flecha,
liberta fera.

DA MIGRAÇÃO

DIÁLOGO SOBRE A NATUREZA DO POEMA

Hérviro:

Poesia, *crux et via*, fêmea que arranha.
Má como a calma pendular da aranha
que compõe no frusto corpo do ar-e-vago
o conteúdo rancoroso, a indoméstica teia e palpos
de aranha, vocabular instrumento da peçonha.

Sálvaro:

Ser, depois de tenro, efígie branca. Ser mito
vazado ao baço sol. Ser o laivo aflito
que extingue o oco-azul por pretas andorinhas.
Ser imóvel no móvel retângulo dos dias - as linhas.

(Pára um moço. Põe-se a compor um dito.)

Hérviro:

O segundo instante desmente a iniciação.
Camponeses colhem a safra na estação
que enxerta o dorso da colheita e mata
a alegria do alimento com nova tarja
de um novo luto, novo culto sem devoção.

Sálvaro:

Estar perdido depois do rompimento. Estar
no centro sendo o vórtice sobre o calcanhar
que rodopia e bebe o ar, fala do vento.
Estar angélico aos freios do excremento.

(Ergue-se um homem. Arfa já estelar.)

Hérviro:

Poesia, desgaste de rosa, quisto na língua.
Putrescível como as cascas lânguidas
de um tronco podre que traças
corroem, com formigas, entre as sarças
de um tronco, continente de seiva exígua.

Sálvaro:

Consentir. Sentir por soma de ímpeto
cristais, corais, na urna de um leito limpo
que excita núpcias em ar de lebre.
Sentir-se palha ou paina se se quer.

(O jovem paira. Corre vias rindo).

Hérviro:

Porque lançou a cabeça para o mistério.
Porque concentra o corpo em sono inteiro
da raiva iluminada é o ar rebelde,
ouro em fossa, onde o despojo mede
hálito afogado, o trauma, vômito áureo.

Sálvaro:

Deixar os bois também que as cabras sejam o pasto
se querendo, Deixar o ar também que o espaço
se exercite entre a pomba e o pombal.
Deixar a fala também o berro na garganta do animal.

(E o jovem passa, o passo e o pasmo).

SAZÃO

Pois é frio, violência casta
da água. Já é frio e rio
agudo mais que um dente
de marfim em carne negra.
Já é frio e sofro o lírio quente de queimadura avessa.

Exaspera o frio em pele fria.
E franja de hortênsia, pétala
foi desfalcada do pólen, lisa
e pura nas estações do estio.

Mas quero o ardor, distilo,
primevo riso, minha careta
do meu forte tão furtivo
nas ondas brancas do frio
que neva sobre a brasa e o arrepio
da raiva nossa lenta, parca de festa.

Inadianta o céu solar de vaga testa
contra o frio que afoga pior que rio.

Nem te construo, não te imito
fracasso de estação! Nem meu grito,
viajor por rua, estrada e via,
com velhice sem cansaço, firo
a lançar no frustro ar do vácuo o riso
de sazão fria em hora fria.

Perco-me cordial e cardial me guio.

MIGRADORES

A areia que ventania tange,
o ouro arenoso da poeira prende
o lavrador da gleba em sua terra,
            sua vida,
  sua seca, negra, sua cega sina

Lavradores, vós quereis a lida
do campo sob a chuva, suplícios
sobre a lama, sob o pranto
a fecundação ubérrima de um rio.

Mas não vos queixes lavradazes
da enxada ou punho da lavra
audaz ao cunho da baixada.
Entre o esterco e a flor sois

            capatazes.

Que? Muito quereis ser civis
de esfalfado arfar sobre o asfalto
falto de ar pairado ao nível
do espaço como o azul sensível?

Não. Quanto quereis pedregosos lavra-
dores? Sempre lavrais em cores
disfarçadas na seara dos cereais
o ódio elementar e a mansa dor
das reses lamberosas dos calos

            camponeses.

Aprendei o ordenho, a grama, o pasto
e nada busqueis do solo sarjo e gasto.

            Mesmo

o pneuma ático do poema e efígie
morreram, migraflores, n'alma *civilis*...

POR

Posto não o sol
nem o sal à mesa
do irmão conosco

Daqui o campo
intr'orbe
se estende em grama.

(Do quarto olhamos.)

Brisa palma plena
a árvore inunda
o ar com o sopro
de erosões na coma.

Fogo intr'orbe
a língua do fogo
multifária
paira à tona.

(No quarto, resina.)

Elemento à toa
água porém labora
subcrosta
o ouro denso.

(No quarto a vista
despreza o visto
pensa).

Pensa cansa pensa
paisagem vista
cidade nunca
do quarto
intr'orbe
e pára, par...,pá...

té que um grito desloca o ar
preso na sombra
que se desfaz
no sol, foco de azul.

TERRA, TONTA FÊNIX

A terra espreita.
Racham lenha
nas suas úlceras
menores.
Sofre
alfinjetadas dores
mas não morde.

Rói, areja a erva
e com as caudas
a terra, tonta fênix,
espadana as águas
do corpo ou olhos.

Cravam-lhe na carne
unhas contra os lábios
de orlas após selva
que a fêmea espalha
quando expande a seiva.

Mais se enternece.

Batida e exausta,
oô, mira e se vê
com as tonas rotas,
presa do ar-auri-céu
que a oprime toda.

Pouco enraivece
tal gleba (mares)
que aceita malhos
nas úlceras maiores.

MAIORES

Dentro do tempo, nos quintos,
cresce um quisto de ouro.
E fora, cinza vai fluindo
o ar que tanto deu saúde
às plantas, ser, aos touros,
negras as forças como o agouro.

O tempo mantém sua forma
dissolvida em transparência.
Ora, história com chuvas
sobre museus e muito herói.
Ora, fumos, vinho ou renda
podre. Teia que rato rói.

Mas é amplo. E nele vamos
compondo o rosto, rua, casa
de nossos avós, pés cansados.
Nossos avós já tão longes
que corremos via mais via
a amar seu ar de condes.

Assim. Olhinhos bravos de cobra,
uns, espiam nossa presença
de um fundo roxo-vinagre
e envenenam a remembrança.
Assim no tempo ou nos quintos
há sempre um quisto fluindo.

NO QUARTO

EXPLICAÇÃO SUCINTA

Cumprir o salto, sal, a altura mede,
                    mede a reta
que descrevo entre o tema e o poema,
                    poema de coisa
certa: casa, cavalo, não vertigem, pedra;
                    pedra de clima
quase nada alma mas sensual apenas,
                    apenas o corpo
de flor, também de pau e pele e ferro,
                    ferro ou crosta
sem fantasia que tanto é falso talismã
                    talismã de louça.

Meu dom é presente. O motivo está aqui,
                    aqui no quarto
como deveria estar está: entre os móveis,
                    móveis inflados.

DA CADEIRA

Se tela, a memória posta fora
de mim, no quarto, desta cadeira
onde me assento farto eu veria
a mudez suceder tão dividida
pelo parado mundo e próximo:

irmão cansado
cal na janela
o muro o gato

medo

da vizinha vã
a transpassada
sol nas telhas
e o sensual setembro sobre as pedras.

Sim, mais eu veria: um menino sério.
Composto em brim, o menino rijo
na ofensa de perseguir os pássaros,
altos seus pesadelos d'infante vário.

E tanto mais eu veria: boneco torto,
pé de gaivota
desenhada azul, azul em laudas brancas
nas aulas que o pátio fechavam como portas.

Se tela, céus, a memória posta fora
de mim, desta cadeira onde me assento

o corpo meu de agora visto dos havidos
alimento.

OS PÉS

Os pés (cio) ciam na erva.
Os pés combinam a fuga.
Há raiva por entre azares.
Os loucos. Ferem a luta
de sermos contente e só
quando só temos os pares
sem vigor. A frágil lesma.

Pares? Os pés, sã tortura
dos chifres crus do dilema.

UMA CONSTRUÇÃO

Nesta área limpa nenhuma casa
havia que tanto pusesse ser
a dor espacial pondo as falhas
do que de mim dorme em redor.
Mas aérea vigia, o som capricho
dum casal entre existir e viajor
no inquieto manso ar, pele de seda.
Não havia: uns bichos por desvão
a consumir instinto ou vaga ceia
no viés que se furta pelo sótão.

A VISITA

1.
Um fio, sono ou soro sobe
da planta de meus pés
como sangue. Querência.

A cabeça se perturba,
pupilas abrem o reino
mas voltam sobre si.
Anjos. O céu amplia
            e turva o anjo.

(Manter a calma não há,
se há frêmito nas paredes.)

                        Se
Rosas lá fora já ameaçam
o cal-e-tecido deste quarto.

2.
Quatro limites, quatro
elementos, quadratura
dos pés, assento calmo.
Um bicho também se ilumina.

A ronda continua velha
quando o animal come
                                        a erva
do pátio onde as domésticas
alongam patas de paina.

Permaneço. Do fundo ouço:
o sangue confere as órbitas
do corpo meu, neste outono;
a luz que se prepara para
o ventre das mulheres.

De pés seguros no quarto
torno o torso e já respiro.
                                        Aura.
Aura
        hora em cadeira vã
        onde a visita vem
                                    e pousa.

3.

O ritmo do cavalo mancha a rua.
O ritmo do homem põe contorno
no corpo que se move e gira.
O corpo das mulheres - mão nos pomos.

Por abril afloram os instintos.
Meu espaço, as evasões: chama
arborescida pelo sangue (às vagas)
prenhe de susto só espera o findo

compasso da visita, roxa e pasma.

O ritmo do cavalo mancha a rua.
O ritmo desta vinda, mulher
sem nome, põe contorno
no enxame de visões que excitam os olhos.

HOMEM NO PARQUE

Um parque está para o homem, ele penetra.
Só o homem. Nem as sombras, nonada o trajo
que veste a sua veste e fácil se humaniza.
Que é penetrar neste enleio? A forte perda
como o abandono da ambição ou bem da entrega
à zona opressiva - a pena, o grito, a gana,
mal venenoso amar, amor descondoído e nu.

Apaziguante da paz ei-lo no guante redimido,
vê-se consigo. Nem mais se agita. Vê-se

a sombra
na sombra
que a luz
já filtra.

NO CENTRO

Móveis, não vou aos que me chamam distraídos.
Apenas um, em mil veias e peso me concebo.
Quintal, intra e além dos muros eles me querem dividido,
mas fico, feras, junto à janela onde, fixo,
o sol se tem e vem comigo neste quarto.
Muitos me chamam, reclamam minha ausência
dormida prenhe na cadeira sobre o assoalho
que dispõe meus módulos de corpo. (Um cravo
pode florir, segundo sua espécie, da placenta).

Sequer comigo me estremeço. A pausa diurna
da janela alumbra a boca do ar-um-vaso
embora, mas do ar, porquanto vem e torna
um jato, ao meio-dia, de voar tão represado.
(Voar liberta o azul da mão que o encurva.)
A luz então comanda. A mesa cobra seu uso.
Farta a querença de saber se o leito invoca
os corpos ou se os corpos demandam a voga
do leito, meu horizonte branco onde me turvo.

Fico Nonada comigo, neste festim, irei a tanto
que me estenda. Entre paredes me devolvo quanto
vário
          sou em mim
                              no centro
                                        e
                                                  temerário.

RODÍZIO DO CORPO

Dia. A avenida jaz num leito
quando sou inerte neste reino
de dormir. Pedra sobre pedra,
seus andores duram em terra
e são chamados casa, edifício.
Movo os olhos e contudo rijo
meu corpo imóvel nunca leva
às duras alamedas graça aérea.
Necessário que o físico (cabeça,
feixe de ossos e ágeis peças)
permaneça rodízio senão moto-
contínuo onde ruas sejam o foco
de luz na sombra e vice-versa.

Eis mover. O movimento humano
das coisas que animo, se amamos.

PUDOR, MÃOS SOBRE O ROSTO DO MORTO

Corpo: um ruído fácil,
jovem: soa   sua, sona.
Côncavo, curva a mão,
renasce um rosto
da palma   c a r i c i o s a
e longa em volta: envolve o corpo.

No esquife desse moço
o que está? A cova.
  Algo mais cru, não alga
        imaginária
  está sob os cabelos e a vergonha.
A morte e sua sombra.

  E o que chama?
Sereia? Nada, sereno ser
nunca sirena seria
                                        a dor
mas paina sob pena
do pudor
   que as mãos da morte encobrem.

  O corpo se trai no rosto,
jovem: aura e alma pairam nos olhos,
        olhinhos ora, ora o vazio
        sem polpa
        que o tato apalpa.

        Depois se oculta.
Um velório - o morto -; uma vela - o morto -;
                um velame
        envolve o rosto, a queda, o corpo
                como
   as estações consomem frutos no seu particular
                outono.

Cobrir, então, cobrir o morto. Cubra seu rosto.
Um mesmo farpado arame
vai restringir o pasto,
suas alfaias, o reino do homem
que já é poço.

                Jovem. A mão alisa os cabelos,
                                            o remorso.

ANIMA MEA

1 - *Anima.* Rosto n'água, vau e afeto. O rosto
se afoga, a boca fecha, a pele seca.

2 - Surdo movimento de ratos, cobras sossegam
e o vagaluz se acende. Noite.

3 - *Anima mea.* A noite começa na hora da morte
do corpo. A mãe embaixo na sala extingue a visão.
Eu era.

Anima mea.

4 - Noite. O lençol se enxerta de branco. Entre
quatros paredes, no quarto, quatro mulheres se
Emolduram.
Nox, noite terna.
Um fogo branco as cerca.

5 - *Mea.* O breu sente água no dorso de carvão
Onde, olhos sujos, dorme a pomba? (Pesada água,
rouco na alma, duro coro.) Onde? Pesadelo. Arrepio
na mesa, chove sobre o rosto que se afoga, sobre
o rosto que se banha e morre

in mea noctambula noce.

LAVRA LAVRA

LAVRA RODOPEL LAVRA

1.
LAVRA

o poeta sai a campo

RURAL

1.

Vem a invernada - ronda
primeiro a mata e morre
nos anchos ranchos pobres.
Vai a invernada - rouca
artilharia passa ou aves
no ar espaço que convoca
(não digo sob o céu) sobre
fronde sim e às vezes ponte
larvas gralhas, falhas vozes.

Nela vem o homem - olha
primeiro a mata e sofre
ser mais ancho fundo cofre.
Nela vai o homem - toca
seus menos dons ou graves
no ar espaço que convoca
(não digo sob o céu) sobre
rosto sim e às vezes fronte
azares acres, acres males.

2.

Medir é a medida
mede
a terra, medo do homem, a lavra;
lavra
duro campo, muito cerco, vária várzea.

Medir é a medida
mede
o sítio, dote do homem, o sêmem;
some
capim seco, muito buço, tosca sebe.

Medir é a medida
mede
a área, fundo do homem, a sombra;
soma
torto galho, muito valo, frágil cana.

Medir é a medida
mede
a furna, rumo do homem, o sonho;
sonha
fofo brejo, muito lodo, fértil mofo.

Medir é a medida
mede
a choça, cave do homem, a cova;
cava
rasa poça, muito barro, planta morta.

3.

Já é a escolha, o risco da lavoura.
A escolha do fruto, a divisa do solo;

olha   forja   falha

Já é a empresa, o risco da mantenha.
A empresa da gleba, a divisa da renda;

          forja   olha

já é o esbulho, o risco do conluio.
O esbulho da lida, a divisa da safra

          falha.

4.

Como caber no lavrado
o homem, a fauna, cheiro de mato?

O boi aporta. São cargas de milho vez a quota.
A rédea alarma. São cães de faros sóis, a caça.
O canto endorme. São fêmeas de cio mor, o homem.

Como caber no pascento
o homem, a fauna, corpo de vento?

O rasgo espanta. São raios de chuva mais, a lama.
O rio esparze. São barros de amenos vis, a margem.
A sebe assoma. São humus de linfas sais, a planta.

Como conter na colheita
o homem, a fauna, dança de festa?

O som comenta. São vozes de homem sós, as danças.
O grito alarga. São fêmeas de seios nus, as pagas.
O sexo aflora. São todos de vício vênus, a horda.

5.

Cabra balindo, a nem pedrês
que posta em rocha exalta
menor cantar de bicho e tosca
no só cruzar o olhar só montanhês.

Vaca pastando, a nem fugaz
que calma em pasto amaina
mugir mover de rês e mansa
no só passear o olhar só contumaz.

Potro correndo, o não veloz
que solto em fuga escolta
correr cansar de fêmea e rosa
no só pairar o olhar só viraluz.

Cobra tinindo, a nem nutriz
que fixa ao salto enfeita
coral mexer de guizo e tesa
no só fincar o olhar só agudez.

- A flora viva, a nem restrita
que torna o arroz a safra o vento
movido estar de ser inquieto campo
no só perder a paz mais indormida.

A paz: que ao homem (o só)
consome.

LAVRA DOR

1.
Lavra:

Onde tendes pá, o pé e o pó,
sermão da cria: tal terreiro.

Dor:

Onde tenho o pó, o pé e a pá,
quinhão da via: tal meu meio
de plantar sem água e sombra.

Lavra:

Onde está o pó, tendes cãibra;
agacho dói ao rés e relva.

Dor:

Onde jaz o pó, tenho a planta
do pé e milho junto à graça
do ar de maio, um ar de cheiro.

Lavra:

A planta e o pé, o pó e a terra;
mapa vosso; várzea e erva.

2.
Dor:

Onde o ganho alastra, eu perco.
Perde o mapa a cor, fina réstela
de amanho em nós, nossa rédea
de luz lastro em casa, o raso
nosso e a fome clara verga
o corpo,   onde o ganho alastra

Lavra:

A planta e o mapa, pó e safra.

Dor:

Onde a morte perde, eu ganho.
Ganha a casa amor, o pouco
de amanho em nós, já redobro
de paz aura em casa, o raso
nosso e a fome cava cede
ao corpo,   onde a morte perde.

Lavra:

Mapa vosso, várzea e erva,
domingo e sol um voo narra.

3.
Dor:

Onde é a mó, mais moeda má,
ardendo, ardente ira, nós,
o veio, nosso sangue, vaza.

Lavra:

Mapa vosso, várzea e safra.

Dor:

Onde é o pó, cultivo raia.
Pó arroz outona. Acelera
o sol não o voo mas a raiva
nossa, lenta mó que esmaga
a lavra a dor, a mão e o calo.

E orando, aramos, sem sombra,
se arados somos
                    no valo.

RUMO

1.

Campo   redor
            do homem
longo pasto erva-e-odor.

Limpo   cimo
            do homem
muro baixo, alto rumo.

Fonte   dentro
            do homem
água limpa e lodo lento.

Clara   sempre
            no homem
lavra a lavra negro sêmen.

2.

A margem um risco
oposto findo findo
no pasto onde rumina o gado vindo.

A rota um corte
exposto largo largo
na várzea onde descansa o gado gasto.

A reta um friso
imposto leve leve
na brisa onde pervaga o gado lerdo.

O rumo um túnel
composto cavo cavo
na selva onde refolga o gado bravo.

Folhagem um teto
malposto verde cobre
a fuga onde se perde o homem pobre.

3.

O centro certo
pendor
mais seguro homem se vê e preso.

O meio quase
senhor
mais distante homem se vê e vai-se.

O núcleo longe
torpor
mais constante homem se vê e onde.

O foco pronto
furor
mais demente homem se vê e como.

O medo outro
calor
mais se vendo homem se vê e morto.

2.
RODOPEL

Um rodopio que é um tropel.
O perigo faz seu brinco. Nem nunca
a agilidade de um cervo escapa,
de um servo em seu caminho. Atropelo
e giro da morte, a trote.

DO RIO AO ENTERRO

Rio

1 - Turvo. Os pés trazem barro. O barro leva os pés
ao fundo. Não lava a onda suja. A água inunda.

Raso

2 - rio. Corrido mole grosso. Campo, corpo móvel,
visto ventre. Ventre leve, corpo liso d'água e pele.

Lento

3 - turvo. Os pés comem passo. O passo leva os pés
ao curvo. Não salva a cave curva. A água afoga.

Pardo

4 - rio. Volume gesso buço. Margem, faixa fácil,
visto dente. Dente ao lado, faixa seca d'aura e sede.

Rio

5 - turvo. Os pés pedem nado. O nado leva os pés
ao poço. Não salva o ágil torso. A água anula.

Suga.

Nado

1 - O peito na lâmina, a água e o banho. Trança.
Rodopel gira na onda e o braço alonga.

Nado

2 - narina do avanço, a água e o lanho. Dança.
Corropio suga ao fundo e a boca adensa.

Tardo

3 - releva o remanso, a água e o vendo. Cansa.
Torsomeio vaga ao centro e o ombro avança.

Torso

4 - enfibra o cansaço, a água e o cenho. Zanza.
Arrepio paira ao plano e o rosto enferma.

Falho

5 - confunde a contenda, a água e o pranto. Treva.
Rodopel volta na onda e a vista

cerra.

Enterro

1 - Condição da treva: desmaio. O enterro leva
os pés à caixa. Um antes voo: a corça.

2 - Convulsão da terra: cascalho: O aterro leva
o pó à choça. Um antes sol: a roça.

3 - Comunhão da serra: espantalho. O santeiro leva
a fé à praça. Um antes som: a gralha.

4 - Exaustão de cera: cansaço. O coveiro leva
a pá à cova. Um antes mal: o homem.

5 - Findação do homem: agasalho. O desterro leva
a voz ao quase. A trave: um laço nó

na treva.

DA CHUVA AO TALHO

Chuva

1 - Visita: vento vindo de toca sonda - (não vista).
Visita do vento. Nume? Um facho aplaina:

Nuvem.

2 - Estada: cacho preso de fumo sono - (fumaça).
Estada do cacho. Uva? Um frágil de paina:

Chuva.

3 - A queda: água feita de sumo sorvo - (aérea).
A queda da água. Tufo? Um lago de grama:

Húmus.

4 - Partida: chuva cheia de ouro solto - (neblina).
Partida da chuva. Vinho? Um feixe de lenha:

Limo.

5 - Produto: solo pleno de eros lodo - (adubo).
Produto do solo. Bruto? Um osso de polpa:

Fruto.

Talho

1 - Labor? Um jorro de terra e a pá. Suor. A foice
no punho, o risco da cunha em curva, risco no ar.

Aço

2 - feroz? Um baque de ferro e o pé. O pó. O talho
na planta, o fundo do talhe em carne, fundo na dor.

Peso

3 - maior? Um corpo de chumbo e o sol. Calor. O rombo
no barro, o vago do rombo em roda, vácuo no mar.

Choque

4 - atroz? Um ronco de agouro e a voz. Furor. O rasgo
no tronco, o reto do rasgo em lasca, rasgo de ver.

Traço

5 - menor? Um grito de gralha e o záz. Tremor. O leve
do vento, o lasso do leve em torno, leve no tom do

tombo.

CAMINHO A TROTE, ACHEGO À MORTE

1.

Caminho

Um rastro alarga
e torna a via vista
de homem, rês, casa
mais móvel mínimo capim, pequena crista.

Um vácuo alastra
e torna o dia misto
de sombra, voz, asa
mais morto mínimo moitim, pequeno quisto.

Um lago adensa
e torna o rio feixe
de água, pó, casca
mais vivo mínimo atum, pequeno peixe.

Um passo afrouxa
e torna a via vasta
de longa lenta trouxa
mais nada mínimo homem, pequena traça.

2.

a trote

Calcário, o toque na pedra
da pata

          o pó
     o toque
     o casco

na pedra   o seco soco
da pedra bate ao topo e tom
da moita.

                    Moita

tremura, vento, pano-ao-sol?
Não. O quê do toque,   tó-
que vento, alvenaria, verde
na moita.

                    O vento

- móvel bicho no centro
do mato
                    que dobra
                    e se mexe
                    no meio do pasto
ao toque da pata
                    que sobe
                    e que desce
na beira da estrada.

Mais lento

                    o vento
móvel bicho que espreita
              no centro da espera
              no pó da poeira
              ao toque da pedra.

                    A pedra

o seco soco, o baque, o toque
do sol, o bote.

A cal, surto aéreo mas calcário,
                    sobe.

3.

achego

Muito se desce; parco
obrigatório pé e pó
arriba e desce para
tocar mais destro laço.

A cobra: ou desmeneio
coral preto vermelho.

Então descido; avança
obrigatório pé e pó
arriba e desce para
pisar mais curva lança.

A cobra: ou desnovelo
coral preto vermelho.

Corpo levado; achega
obrigatório pé e pó
arriba e desce para
cortar mais ágil veia.

A cobra: ou descabelo
coral preto vermelho.

Pulo seguro; assola
obrigatório pé e pó
arriba e desce para
quebrar mais vítrea corda.

A cobra: ou desvagueio
coral preto vermelho.

Perto composto; atiça
obrigatório pé e pó
arriba e desce para
vergar mais móvel viga.

A cobra: ou desmazelo
coral preto vermelho.

4.

a morte

Ardil, a serpe arranja
o golpe, pua de sanha.

Golpe? A fibra da manha; linguinha má te sangra.

Coral, a serpe envidra
a pele, risco de mira.

Pele? A polpa da lixa; veneno já te esguicha.

Dedal, a serpe avessa
a morte, antro de seda.

Morte? O dedo da morte; novelo mor te enreda.

CERVO, SERVO

1.

E vem: som em torno,
rumorações de margem, várzea vagido
entre o mato
de onde o mato cerca   rinha menor
de vinda.

Refém: já muxoxo,
convocações de talos, talhos rangidos
entre o pasto
de onde o pasto fecha   largo maior
de lida.

Também: alto voo,
movemenções de asas, vácuos movidos
entre o vasto
de onde o vasto cobre   casa menor
de vista.

Contém: surdo gemer,
inquietações de choro, tosco pedido
entre o salto
de onde o salto abre   fuga maior
de chispa.

Fuga: mulo correr,
cabritações de gamo, ganho corrido
entre o casco
de onde o casco toca   corpo motor
de vida.

2.

Pára: antes do cerco
indo, vinha fechando
o cervo, círculo do medo.

Anda: então o cerco
vindo, ia mirando
o alvo, trêmulo no erro.

Volta: e logo o cervo
vendo, move correndo
os cornos, garras de lenho.

Fica: mas sem defesa
deixa o corpo à vista
o servo, perdida presa.

3.

Chifres, move-se a cabeça:
varas e luz no crânio, olhos marca
na testa
porque a testa mostra   liso gesto
de nesga.

Galhos, une-se o feixe:
nervos e veios na anca, fibra óssea
na coxa
porque a coxa invoca   pulo salto
de mola.

Olhos, trinca-se a fenda:
claros e sóis na vista, vítreo pátio
na treva
porque a treva ensombra   fero golpe
de fera.

Listas, risca-se o corpo:
linhas e véu na pele, mancha nódoa
no peito
porque o peito enverga   malho risco
de relho.

Tiros, chumba-se o lombo:
ecos e voz no campo, sangue poça
no mato
porque o mato marca   pista passo
de pata.

Laços, prende-se a presa:
suor e dó na cara,   cacto lasca
na cerca
porque a cerca espinha   prego farpa
de lenha.

Queda, queda-se o servo:
chifres e mé na tarde, trégua baque
do corpo
porque o servo tomba   fardo peso
de morto.

3.
LAVRA

o campo vai ao poeta

ARADO

Ora, o início é arar o que se ara. Áspero,
a lâmina faz seu corte exato. Revolve e limpa
o campo e seu lavrado. Na fome do seu aço
faz a fome do roçado. A pedra e o barro, a árvore
e a grama, o rio e a erva, a lâmina faz da terra
e sua receita: outra fêmea pronta para a seiva.

Não talho, o leve risco talha
a terra
e a garra vira a terra e leva
o barro
para a via, via de grama e pedra.

Nem malho, a fina serra fende
o tronco
e a foice corta o tronco e mostra
a polpa
para o dia, dia de sol e faca.

Não fundo, o raso corte trilha
o solo
e o sulco sulca o solo e rompe
o lodo
para o rio, fio de água e musgo.

Nem brando, o duro aço rasga
a carne
e o rasgo marca a face e deixa
a terra
para o cio, cio de fêmea e seiva.

CARREADOR

1.

Ora, o arado em sua rota abre o rumo. Carreia
a dor. Abre o sulco, faz o trilho para a planta
do plantio. Carreador: sob a hora da arruaça e
sua regra, o homem espera pelo trato do roçado
e sua tarefa. Sem mais nem por, carreador, muita
gente se concentra, sob a fome que fomenta.

Duas réguas fazem - carreador:
aperto do cinto, aperto do passo
para casa, té quando raso.

Uma lesma traça - carreador:
enxada na lasca, enxada na testa
do ofensor, por quanta festa.

Três faixas marcam - carreador:
semente do cio, semente do cisco
para a roça, na certa risco.

Um potro mira - carreador:
carroça de lenha, carroça de peso
para a canga, por ermo ermo.

Seis moças colhem - carreador:
buraco de vaza, buraco de cobra
para os braços, e a morte goza.

Dez homens carpem - carreador:
família de gente, família de fome
para a boca, se mesmo come.

2.

Com os pés na terra, sem seca ou meca, sem ganho ou trato, sem lucro ou prazo, fica o homem muito frustro, muito magro.

Seco, conforme
paciência seca.
Ruim com fome
nada se acerca:
nem nada vale
terra, ar e seca

Carreador nos pés
mesmo é o chão viés.

Magro, segundo
carência magra.
Malfim o lucro:
tal negra mala,
val vesgo mudo,
bichinho à pata.

Carreador nos pés
mesmo é o chão viés.

Reto, constante
vacância reta.
Tilim na mente:
homem é lesma
homem demente
é reta perda.

Mesmo é o chão viés
carreador nos pés.

PLANTIO

Lavrado o trato, fica o homem em seu domínio. Joga o jogo do roçado. Calca a planta do plantio, cava a cova para a sobra. Mas se o jogo que ele joga faz do ganho o seu contrário, dá em troça com o contrato então lavrado.

Cava,
então descansa.
Enxada: fio de corte corre o braço
de cima
e marca: pés, pés de barro.
Cova.

Joga,
então não pensa.
Semente; grão de poda larga a palma
de lado
e sonda: foz, foz de água.
Cava.

Calca,
e não relembra.
Demência; mão de louco lança a pedra
de perto
e sopra: céu, céu de treva.
Cova.

Molha,
e não dispensa.
Adubo; pó de esterco mancha o lodo
de longo
e forma: nó, nó de mofo.
Joga.

Troca,
então condena.
Contrato; quê de paga perde o ganho
de hora
e troça: mais, mais de ano.
Calca.

Cova:
não se espanta.
Plantio; fé e safra sofre o homem
de morte
e morre: rês, rés de fome
cava.

MEAÇÃO

1.

*Troça ou não, a ação-de-meia quer o trato.
Esse é o encargo sem ira do pai-família que,
rogado, chega à porta, à casa do seu dono em
seu roçado. Aí, apressa a conversa, o verbo
da prosa inversa. Trata e glosa o trato vago
sobre o trabalho, a lida e a vida dividida.
Sem senha ou crença no contrato, no amanho da
manha, celebra o celebrado.*

A porta, pai do servo, outro homem
surge:
benção nenhuma, (fala), troça alguma
presença: novo estuque
para a ponte,
outro óleo para o colhe, (come), onde
se nutre.
A porta abre.

A palma, bate a palma, outro gesto
parte:
canção nenhuma, (boca), finge alguma
prestança: novo estrume
para a gente,
outro pouso para o sofre, (dorme), rente
ao catre.
A palma bate.

A prosa, calor calor, outro texto
calha:
ação nenhuma, (falha), narra alguma
ausência: novo arame
para a cerca
outra fuga para o foge, (corre), antes
da troça.
A prosa fala.

O jeito, macio cio, outro visto
lambe:
menção nenhuma, (cala), tenta alguma
bonança: novo arranjo
para o trato,
outro móvel para o dobre, (dobre), logo
e sempre.
O jeito vence.

O credo, cruz cruz credo, outra crista
curva:
sanção nenhuma, (sacra), conta alguma
doença: novo entrave
para a crença,
outro susto para o salve, (salve), grave
e crente.
O credo reza.

A glosa, leve prova, outro treino
goza:
meação nenhuma, (troça), cita alguma
andança: o novo enfeite
para a festa,
outro vinho para o gole, (troce), nesta
amostra. A glosa louva.

A sanha, risco fácil, outro prêmio
visa:
de mão nenhuma, (praga), lembra alguma
infância: novo esquema
para o preço,
outro molde para o roube, (noite), lerdo
esgrima.
A sanha priva.

É manha, quase manhã, outro lema
vence:
tensão nenhuma, (queda), deixa alguma
inocência: novo acorde
para o acordo,
outro lado para o volte, (golpe), lustre
o gênio.
É manha mesmo.

E trato, volte volte, outro prego
lacra:
prisão nenhuma, (prenda), prenda alguma
esperança: novo estuque
para o muro,
outro cerco para o morre, (morre), corre
e pára.
E o trato lavra.

2.

*Lavrado o trato sem mais porteira, se assunta o
tempo de ação-de-meia. Não só o tempo de tarefa,
ação parceira, mas o geral, falsa neblina, que
se passa e apressa no céu de cima, o principal.
O tempo que, mesmo sendo nuvem vagamente, também
se passa dentro da gente.*

De início ao fim é o tempo:
o tempo
se prepara, bojo
água de nuvem
(tensa manhã, aragem no parque)
e aventa
que a nuvem deixe a água e largue

De ofício assim é o tempo:
o tempo
se conserva, caixa
peso de queda
(lance de chumbo, compasso de espera)
e aguarda
que a queda largue o peso e lave.

Aviso do além é o tempo:
o tempo
se conversa, senha
jogo de cartas
(baralho, truque de mesa)
e acena
que a carta limpe o jogo e jogue.

Ocorre isso sim no tempo:
o tempo
se perpassa, toldo
teto de vento
(folhagem, folha na aragem)
e espanta
que o vento leve o teto e paire.

Outro vício enfim é o tempo:
o tempo
se comenta, fala
boca da morte
(engano, silêncio de lacre)
e consente
que a morte feche a boca e salve.

3.

Na ação-de-meia, o tempo de cima, falsa neblina,
quando estraga, não estraga tudo. Algo se salva:
a seiva do fruto, o lábio da terra, a água do caule,
a força da relva. O que não salva, por dentro e por
fora, é o tempo inclemente da lida da gente. O tempo
sem voga, com sua vida morta.

Mas algo se salva: a planta a água
da planta
que a fez nascer e molha
a folha,
a haste em ponta, a ponta do braço
sem camisa espalma e a mão
na palma
salva.

Pois terra sorve: a lama o húmus
da lama
que a fez mover e lambe
a grama,
a cana em lesma, a lesma da língua
sem saliva esponja e a boca
na furna
sorve.

Já broto medra: o caule a seiva
do caule
que o fez fazer e grassa
o talhe,
o torso em linha, a linha da rota
sem malícia expande e a gleba
ao longe
medra.

Sol claro sonda: o olho o brilho
do olho
que o fez maior e queima
os óleos,
a graxa em paina, a paina da seda
sem cortiça amaina e o raio
na sombra
sonda.

Que a safra sobre: o broto o porte
do broto
que o fez crescer e curva
ao vento,
a planta em relva, a relva da roça
sem urtiga explode e a foice
em corte
sobe.

Mais viva e morta: vida morte
da vida
que a fez morrer e vive
a lida,
o jogo em regra, a regra da safra
sem formiga explora e a manha
é agora
morta.

4.

O que se salva se colhe, se guarda, se acolhe
nas sacas. É um salvado de fora que a ação-de-meia
manobra. É um salvado de quotas que, sem remorso,
a meia-ação parceira nos ombros do dono coloca.
É um perdido de contas que, sem esforço, a meia-ação
de esgueira nas costas do servo desconta. Entre
as contas e as quotas, de permeio, sobra a sorte
da soma nas armas da morte.

As sacas postas: um jogo mais de tronco
e membro.
Qualquer condão menor da sorte
expõe as sacas; ouro e mate
na cabeça
cobrem o homem, cobrem a parte
do homem
que, menos, mais ganha e perde.

As filas feitas: um jeito mais de modo
e trama.
Qualquer torção menor da linha
expõe as filas; régua e reta
no contorno
quebram a ordem, quebram a pista
da ordem
que, mais, menos foge e dista.

Os blocos prontos: um todo mais de peso
e forma.
Qualquer desvão menor do lado
expõe os blocos: tufo e mofo
sobre o ombro
domam a força, domam a queda
da força
que, menos, mais força e quebra.

As quotas tidas: um preço mais de perda
e prenda.
Qualquer tostão menor de paga
expõe as quotas; letra e nota
na carteira
pagam a teima, pagam a bolsa
da teima
que, mais, menos vale e monta.

As contas falhas: um lapso mais de mente
e cifra.
Qualquer senão menor de cento
expõe as contas; lauda e soma
no caderno
tiram a forra, tiram a gana
da forra
que, menos, mais lesa e sana.

As armas mortas: um jato mais de morte
e queima.
Qualquer lesão menor de vida
expõe as armas; fogo e briga
no terreiro
ferem a horda, ferem a raiva
da horda
que, mais, menos planta e tira.

Os tombos contos: um erro mais de erro
e manha.
Qualquer meação menor de renda
expõe os tombos; saldo e furto
no conchavo
montam o lucro, montam a venda
do lucro
que, menos, mais conta e reina.

5.

Amor excessivo na tarefa, onde a justeza do trato?
Que treta de ardil é essa?

Um tratar era um tratar de amor e jeito.
Movida
hora: era um compor de mão e peito
e se dizer, pois, se dizia:
nem ouro traga esforço
nem pele esfola corpo.
Era um tender sem profecia
que o sem tratar era um tratar
sem mais sofrer
e aleivosia.

Um plantar era um plantar de amor e quota.
Cavada
cova: era um lançar de grão e poda
e se dizer, pois, se dizia:
nem sêmen suja lodo
nem língua lambe ouro.
Era um fender sem cortesia
que o sem plantar era um plantar
sem mais colher
e mataria.

Um colher era um colher de amor se sobra.
Contida
boca: era um comer de pão e massa
e se dizer, pois, se dizia:
nem água turva poço
nem erva torna pasto.
Era um cavar sem alegria
que o sem colher era um colher
sem mais amar
e teimosia.

Um ganhar era um ganhar de amor e preço.
Provado
gasto: era um furtar de não e nexo
e se dizer, pois, se dizia:
nem reza move morto
nem fome come osso.
Era um perder sem parceria
que o sem ganhar era um ganhar
sem mais sentir
e liturgia.

E um mear eis um tear de pôr e troça.
Medida
coisa: era um latir de cão e praga
e se dizer, pois, se dizia:
nem riso finge roubo
nem pedra muda jogo.
Era um tear sem maestria
que sem mear era um tear
sem mais ceder
e ardilmagia.

ADUBO

1.

Perdida a ação-de-meia, o homem, em sua lida, se volta para o cultivo de dentro. Faz sua lavra, faz seu estudo por fora do seu intento. Na alusão de outubro, o mês do adubo no campo aduba o seu fermento. E tudo, da planta ao povo passa, no seu uso, por um fio, por um fuso, conduto de tudo, na prenhez de todos.

Outubro,
o mês açula o povo.
Modorra
por fora
esforço por dentro e moço
velho
e moça; um entrar sempre
um entrar
na luta faz de todos
(velhos e moços)
a mesma força que é do povo
em grupo
no mês que açula o povo:
outubro.

Conduto,
a água inunda o valo.
Molhado
por dentro
esponja por fora e branco
preto
e branca; um mexer sempre
um mexer
no lodo faz de todos
(pretos e brancos)
a mesma poça que é do valo
em tufo
na água que inunda o valo:
conduto.

No fuso,
o fio laça os laços.
Manobra
por fora
novelo por dentro e surdo
mudo
e surda: um tecer sempre
um tecer
no vácuo faz de todos
(surdos e mudos)
a mesma trama que é do laço
em uso
no fio que laça os laços
no fuso.

Difuso,
o pó encobre os olhos.
Tapado
por dentro
vasado por fora e solto
preso
e solta; um fechar sempre
um fechar
do rosto faz de todos
(presos e soltos)
a mesma venda que é do olho
em luto
no pó que encobre os olhos:
difuso.

De tudo,
um raio avulta o rasgo.
Espora
por fora
espelho por dentro e fraco
forte
e fraca; um cantar sempre
um cantar
do galo faz de todos
(fortes e fracos)
a mesma chispa que é do rasgo
em rubro
no raio que avulta os rasgos
de tudo.

Noturno,
a fúria aguça o faro.
Calada
por dentro
fermento por fora e certo
dúbio
e certa; um sentir sempre
um sentir
no vácuo faz de todos
(certos e dúbios)
a mesma falha que é do faro
em surto
na fúria que aguça o faro
noturno.

Adubo, o veio aduba o córrego.
Pedreira
por fora
esterco por dentro e limpo
sujo
e limpa; um fluir sempre
um fluir
no seco faz de todos
(limpos e sujos)
a mesma fonte que é do córrego
em curso
no veio que aduba o córrego:
adubo.

Com uso,
o rio estuda o solo.
Fechado
por dentro
aberto por fora e fundo
raso
e funda, um ficar sempre
um ficar
no barro faz de todos
(fundos e rasos)
a mesma lama que é do solo
em sulco
no rio que estuda o solo
com uso.

2.

Lavoura de dentro, com sua face de fora, líquido,
na alusão de um rio, o adubo tem sua hora. Por baixo,
no ventre da terra, o sêmen-semente semeia a gleba.
Pois, como o fio frio de um rio que aflora e rega,
esse adubo sem trégua, esse sangue sem nome corre
e morre nos veios do campo, nas veias do homem.

Lembra um fio; mais conduzir se estende
e chega.
Chegando é seiva
contra a raiz, pé do tronco; assim cabeça
a ponta aponta onde cresce poda:
leito
de ambular um rio nada;
sofrer não sabe e limpo
o leito
nascer não deixa
em baixo o broto
que sofre o leito sobre,
embora um rio aflore
limo:
limpo deambular de flor e lodo.

Passa um rio; mais prosseguir pretende
e volta.
Voltando é vaza
contra a planta, maré no caule; assim bezerra
a língua alonga onde fere seca:
laje
de concentrar um frio pesa;
domar não cabe e pedra
a laje
secar não seca
em baixo a fonte
que doma a laje sobre,
embora um frio aflore
faca:
fraco desconcentrar de pó e monte.

Vence um frio; mais produzir consegue
e sorve.
Sorvendo é sêmen
contra o pólen, pó no ventre; assim donzela
o hímen oprime onde tece treva:
fêmea
de natural um filho prende;
guardar não deve e prenhe
a fêmea
conter não pode
em cima o homem
que guarda a fêmea sobre,
embora um filho aflore
breve:
grave desnaturar de mãe e sorte.

Assim o fio frio do rio se expande
e grassa.
Grassando é praga
contra a gleba; assim na gente, assim certeza
o adubo aduba onde areia reina:
força
de só brotar um fruto pena;
romper não rompe e cega
a força
levar não leva
em cima o peso
que baixa a areia sobre,
embora um fruto aflore
frágil:
frágil o despertar do homem morre.

3.

Lavoura de fora, outubro, lavrando por dentro,
mudo, o adubo muda o seco em brejo. Só não muda
o estatuto do homem-servo e sua horda que tem
e torna, que vai e volta.

Conquanto adubo interna
interno,
adubo rega e torna o fofo pasta,
enquanto outubro passa.
Branca nuvem,
turva poça:
moscas do brejo, um bando sopra
negro.
Nuvem negra
na esfera, enquanto interno em festa
sub solo entrando (inferno) infesta
pó
sêmen e seiva:
outubro torna o fofo pasta
e rega.

Conquanto um tubo estende
externo,
um tubo lava e torna o lodo crosta,
enquanto outubro volta.
Liso bojo
grossa casca:
moles de barro, um fundo guarda
cisco.
Duro quisto
na esteira, enquanto externo em peste
sub solo expondo (inferno) empasta
pé
tronco e haste:
um tubo tornar lodo crosta
e veste.

Conquanto um fuso enreda
interno,
um fuso tece e torna a treva lume,
enquanto outubro turva.
Mel de uva
água pura:
gotas de galho, um pingo solta
limpo.
Claro brilho
na estrada, enquanto interno às voltas
sub solo agindo (inferno) amolda
teia
peixe e rede:
um fuso torna lume a treva
e tece.

Conquanto o uso engana
engano,
o uso torna e torna o servo homem,
enquanto outubro some.
Sino toque,
sino dobre:
rostos de cacto, um povo segue
lento.
Lenta sombra
da espera, enquanto engano engasta
sub solo adentro (inferno) engendra
pai
filho e horda:
o uso torna o homem servo
e torna.

4.

Fazendo por dentro o que não faz por fora, o adubo se torna, na alusão do corpo, o vício de vênus que aflora. E rumo sem sina, assalta, quando noitinha, o corpo sem escudo das meninas. Corpo espesso, magro selo da fome em seu avesso. Magro pão que não diz não em seu recheio.

Se meninas (não diz), mas florações espiam
esguias.
Meninas vêm,
meninas vão.
A água come, o bicho come, a noite come
um cão:
veludo e rabo, baba na língua, o uivo não.
Veludo,
manso tato deixa o pão
se noitinha
um gato olha, um preto brota, um ruivo som
na perna sobe
até o preto e preto pelo
da floração.
Nessas meninas, quantas meninas
espiam esguias
(se é noitinha)
entre seu medo que não diz não.

Se convinha (não vai), mas as paixões dormem
tão frias.
Convinha vir,
convinha dar.
A água cobre, o bicho cobre, a noite cobre
um par:
desnudo e farto, fala na trégua, o hirto ar.
Desnudo,
quieto braço alça o nó
se noitinha
um galo olha, um ventre cobra, um rubro mar
no corpo sobe
até o ventre e ventre e boca
da conclusão.
Muito convinha, quanto convinha
ser tão frias
(se é noitinha)
entre seu coito que não vai não.

Se franzinas (não quer) e as seduções ficam
vazias.
Franzinas saem,
franzinas caem.
A água toma, o bicho toma, a noite toma
um bem:
estupro e falso, calo na íngua, o uso sem.
Estupro,
nervo nervo corta o hímen
se noitinha
um gato olha, um torso dobra, um nojo além
no busto sobe
até o torso e torso e mágoa
da gestação.
Nessas franzinas, quantas franzinas
ficam vazias
(se é noitinha)
entre seu gozo que não quer não.

Se convinha (não dá), pois punições ferem
macias.
Convinha mais,
convinha sais.
A água sorve, o bicho sorve, a noite sorve
o sol:
escuro e vago, asas em flecha, o urubu.
Escuro,
túnel túnel nega a luz
se noitinha
um gato olha, um caule cresce, um fogo sus
no peito sobe
até a brasa e brasa e marca
da punição.
Chama convinha, quanto convinha
queima macia
(se é noitinha)
entre seu fogo que não dá não.

Se daninhas (não sei), mas danações pedem
as iras.
Daninhas de fel,
daninhas de fé.
A água tomba, o bicho tomba, a noite tomba
com mal:
sussurro e salmo, sopro de reza, o som do céu.
Sussurro,
se noitinha
um gato olha, um morto dorme, um rato rés
no sobre sobe
até o morto e morto e praga
da danação.
Nessas daninhas, quantas daninhas
pedem as iras
(se é noitinha)
entre seu santo que não sei não.

Se convinha (tão só) tais crispações vibram
as fibras.
Convinha faro,
convinha casco.
A água toca, o bicho toca, a noite toca
o gado:
intruso e macho, lasca na cerca, o varapau.
Intruso,
lento passo passa o vau
se noitinha
um gato olha, um lombo lambe, um touro vai
no sexo sobe
até o lombo e lombo e couro
da crispação.
Corte convinha, quando convinha
faca de fibra
(se é noitinha)
entre seus cornos que só tais são.

Se feridas (não dói), mas incisões riscam
à risca.
Feridas frestas,
feridas hastes.
A água molha, o bicho molha, a noite molha
a brecha:
sulco na pele, dorso de bruço, o vão dos pés.
Sulco,
risco grito o cio em vez
se noitinha
um gato olha, um chifre talha, um mú de rês
do mato sobe
até o monte e monte e fenda
da incisão.
Dessas feridas, quantas feridas
sofrem à risca
(se é noitinha)
entre seu talho que não dói não.

De amenas (dom e flor), as florações morrem
à míngua.
Amenas tintas,
amenas frutas.
A água lava, o bicho lava, a noite lava
as penas:
adubo e massa, nódoa na nódoa, as quinas.
Adubo,
um macho sobre a fêmea
se noitinha
um gato olha, um homem forja, um nó de teia
um corpo envolve
até o homem e homem e gana
de floração.
Dessas amenas, quantas amenas
morrem à míngua
(se é noitinha)
entre seu dom de flor e pão.

5.

Por fora, o adubo se faz conduto de tudo. Por dentro, como sêmen que o ventre adensa, adubo aduba o pólen da consciência. Se, por fora, na lavoura, cresce a planta, assim, por dentro, o homem avança. E, no avanço, a fome adentra a morte nos veios lentos da irrigação, com seu fermento.

Irrigação, quando mulher, um tubo inunda
o valo:
mato entre mato adentro fecha
o ventre.
Flor e aresta, floresta
abrindo ontem opaco
espaço
hoje veio, veio vindo antes
vala   rama
entre vaga sombra: ventre espesso
côncavo
de sombras entre braços, abraço
abraça e ama
a terra   o seio
a planta.

Inundação, pranto nos rés, o mofo encobre
os poros:
poço entre poço adentro abre
o ventre.
Cal e areia, caldeira
fechando ontem aberta
caverna,
hoje rio, rio vindo antes
húmus   larva
entre móvel margem, ventre exposto
pântano
de margem entre folhas, a flora
aflora e ganha
a terra   o seio
a planta.

Fecundação, quando vier, outubro açula
o povo:
moça entre moça adentro fecha
o ventre.
Sim e medo, segredo
abrindo ontem escuro
estojo,
hoje fecho, fecho vindo antes
fresta   brecha
entre leve brenha: ventre molhado
círculo
de fêmea entre bordas, a borda
aborda e banha
a terra   o seio
a planta.

Introdução, logo conter, adubo aduba
o colo:
bolsa entre bolsa adentro abre
o ventre.
Cor e tinta, cortina
fechando ontem estranha
esponja,
hoje pelo, pelo vindo antes
dúbio   púbis
entre verde virgem: ventre oblongo
cântaro
de virgem entre vênus, avena
aventa e canta
a terra   o seio
a planta.

Pulsações, lanço viés, um fuso entrosa
os vasos:
lama entre lama adentro fecha
o ventre.
Sal e seiva, saliva
abrindo ontem extrema
escarpa,
hoje vau, vau vindo antes
fenda urna
entre funda furna: ventre ocluso
óvulo
de furna entre sonda, a sonda
assombra e lança
a terra o seio
a planta.

Malhação, tanto é fender, o malho aguça
o laço:
relho entre relho adentro abre
o ventre.
Vau e meta, valeta
fechando ontem estorvo
escombro,
hoje teia, teia vindo antes
trama seda
entre frouxa gosma: ventre cruento
mênstruo
de gosma entre seda, a sanha
assanha e sangra
a terra o seio
a planta.

Incisão, risco no céu, de tudo avulta
um rasgo:
fibra entre fibra adentro fecha
o ventre.
Porta e areia, porteira
abrindo ontem estreita
estrada,
hoje raio, raio vindo antes
reto   seta
entre nuvem nimbos: ventre inverso
cúmulo
de nimbos entre nuvens, o lume
alumbra e mancha
a terra   o seio
a planta.

Escoriação, baque de pá, um uso estuda
o solo:
nódoa entre nódoa adentro abre
o ventre,
ar e manha, aranha
fechando ontem extinta
ogiva,
hoje cio, cio vindo antes
água   sede
entre séria trégua: ventre escuso
cômodo
de trégua entre gesto, o gesto
agiesta e cansa
a terra   o seio
a planta.

Findação, pronto morrer, adubo aduba
os mortos:
rosto entre rosto adentro fecha
o ventre.
Ar e tudo, adubo
abrindo ontem esquivo
escrínio
hoje seio, seio vindo antes
finda   fonte
entre morta serva: ventre grávido
féretro
de serva em fome, adubo
aduba e fana
a fome   o seio
a planta.

DEBULHAMENTO

1.

Depois do adubo, o homem em seu campo procura
o núcleo. Procura o miolo do fruto. Por dentro
da casca, cavuca, nessa busca, o seu símbolo.
Debulha o milho. Descose o que fia; desfia o
tecido. Desconfia do vício de ver, do quisto
de ser o ser que, havido, vicia o tido e o visto.

Ânsia de ver
do grande o pequeno.
Do grande ao pequeno olho
vê:
pequeno orifício,
a porta aborda
grande
cenário e ócio
do ofício
de ver é ver o lance
do milho
em folha e casca
em fogo e palha.

Gosto de ter
do grande o pequeno.
Do grande ao pequeno furo
tem:
pequeno artifício,
o olho aloura
grande
pastagem e fruto
do ofício
de ter é ter o lance
do milho
em lama e barro
em terra e pasto.

Jogo de ser
do grande o pequeno.
Do grande ao pequeno risco
é:
pequeno exercício
o vento inventa
grande
concerto e tino
do ofício
de ser é ser o lance
do milho
em pedra e grama
em trato e trama.

E mais se dê
do grande o pequeno.
Do grande ao pequeno gesto
de:
pequeno desperdício,
a posse abarca
grande
terreno e resto
do ofício
de dar é o lance
do milho
em cota e soma
em conta e saca.

Onde se quer
do grande o pequeno.
Do grande ao pequeno sonho
que:
pequeno armistício,
o homem abole
grande
distância e fonte
do ofício
quer que o lance
do milho
em tempo e hora
em honra seja.

Nunca perder
do grande o pequeno.
Do grande ao pequeno rastro
se:
pequeno indício,
a pata empasta
grande
estrada e marca
do ofício
perde perto o lance
do milho
em palma e concha
em compra e paga.

Núcleo de ver
do grande o pequeno.
Do grande ao pequeno visto
vê:
pequeno ourovício,
o lance enlaça
grande
paisagem e risco
do ofício
de ver é ver o creme
do milho
em ouro e brilho
em logro e cisco.

2.

No ofício de ver, só crê quando vê. Não mexe
no desconhecido. Apenas arrisca o seu risco.
Esbarra no muro. Arranha o seu osso. Conhece o
seu núcleo: caroço e miolo no fundo da urna
que o ver para crer vislumbra.

Ver não visto aviva
o homem:
não bula.
Sopro de ar
se faz na bolha;
ponta de dedo
o grão
debulha.
Ver não visto aviva.
Na palha espiga espalha.
Quanto
navalha a vista avista
agulha.

Perder o siso arrisca
o homem:
não pense.
Massa de cal
se faz na casa;
ponta de dedo
o grão
descasca.
Perder o siso arrisca.
No monte espiga esconde.
Mais
montante a mente enreda
a malha.

Quer se o risco aviva
o homem:
não jogue.
Passo de pé
se faz na areia;
ponta de dedo
o grão
desvela.
Quer se o risco aviva.
No solo espiga estira.
Longo
caminho o traço alonga
a légua.

O que é quisto aspira
o homem:
não perca.
Água de maio
se faz na planta;
ponta de dedo
o grão
desvenda.
O que é quisto aspira.
No fardo espiga espreme.
Sempre
gostando o gosto agasta
a prenda.

Estar no núcleo abriga
o homem:
não fuja.
Planta de pé
se faz no corte;
ponta de dedo
o grão
descose.
Estar no núcleo abriga.
No catre espiga entope.
Tenso
com fome o homem acolhe
a fome.

Ter um filho obriga
o homem:
não negue.
Marca de mal
se faz na filha;
ponta de dedo
o grão
desfibra.
Ter um filho obriga.
No fardo espiga estala.
Lento
compasso a alma acalma
a briga.

Mas um quisto arruina
o homem:
não tema.
Crista de galo
se faz na rinha;
ponta de dedo
o grão
desfia.
Mais um quisto arruina.
No corpo espiga explode.
Podre
por dentro o núcleo enfurna
a urna.

3.

Homem do campo é urna. É furna, poço, ovo, borco;
gula turva. Vale ouro, ouro no catre que um dia
abre e muda.

Urna,
sinônimo sem nome, via
toda
via chega em forma
de cunha
na mesma urna, mesmo nome:
urna
alvo alma
furna.

Bojo,
campânula sem dobre, dia
logo
dia dorme em sono
de lago
no mesmo bojo, mesmo dobre:
bojo
água alma
poço.

Ventre,
tentáculo sem polvo, fio
trama
fio enreda em rede
de malha
no mesmo ventre, mesmo polvo:
ventre
vácuo alma
povo.

Oco,
zodíaco sem norte, frio
lento
frio vento em gesto
de lenço
no mesmo oco, mesmo norte:
oco
rumo alma
sopro.

Urna,
horóscopo sem sorte, pio
monte
pio reza em pranto
de santo
na mesma urna, mesma sorte:
urna
alma sacra
surda.

Nojo,
funâmbulo sem posse,
cio
mento
cio excita em sexo
de fêmea
no mesmo nojo, mesma posse:
nojo
corpo alma
gozo.

Sonho,
vestíbulo sem porta, cria
mudo
cria o broto em palha
de muda
no mesmo sono, mesma porta:
sono
ouro   alma
surto.

Jogo,
termômetro sem febre, rio
seco
rio nada em leito
de lodo
no mesmo jogo, mesma febre:
jogo
furto   alma
logro.

Rumo,
canícula sem fogo, via
andante
via corre em reta
de rota
no mesmo rumo, mesmo fogo:
rumo
treva   alma
luto.

Osso,
mandíbula sem face, ria
acho
ria o homem em traje
de pele
no mesmo osso, mesma face:
osso
milho   núcleo
ouro.

4.

Quem procura, acha. Quem debulha, encontra o fruto, além da casca. Encontra o núcleo. Tira a palha. Corte fundo, vai ao fundo com seu corte e tira astuto, se o núcleo é pode, o podre do caruncho de seu fruto.

Ouro:
no fim o olho
após a palha toca
o osso,
distância curta;
no milho sempre
o homem
encontra o núcleo:
calo e osso
se o olho,
contorno e lança,
(caroço)
após a palha encontra.

Turva:
no fim a água
após o barro molha
a muda,
a reta e a curva;
na penca sempre
o homem
escolhe o milho:
cana e tubo
se a água,
contorno e molde,
(conduto)
após o barro entope.

Gula:
no fim a boca
após a fome cospe
a fúria,
a raiva muda;
na lama sempre
o homem
remexe o barro:
bojo e borra,
se a boca,
contorno e linha,
(motora)
após a fome anima.

Logro:
no fim a treta
após a farsa joga
o jogo,
a noite escura;
no golpe sempre
o homem
abate a cana:
serpa e pente
se a treta,
contorno e arte,
(serpente)
após a farsa abate.

Borco:
no fim o sexo
após a fêmea fixa
o gozo,
a face rubra;
na cama sempre
o homem
consulta o pejo:
beijo e ópio
se o sexo
contorno e volta,
(convexo)
após a fêmea estupra.

Furna:
no fim a manta
após a campa tapa
a urna,
boca noturna;
no encosto sempre
o homem
encosta a costa:
casa e couro
se a manta,
contorno e pouso,
(recosto)
após o leito pousa.

Ovo:
no fim a gema
após a clara brota
o ouro,
a vênus loura;
na polpa sempre
o homem
atinge a espiga:
palha e teta
se a gema,
contorno e tinta,
(palheta)
após a clara seca.

Abre:
no fim a malha
após o feixe tece
a urna,
a palha pura;
na cova sempre
o homem
debulha o osso:
tíbia e trave
se a malha,
contorno e linha
(enlace)
após o feixe abre.

Poço:
no fim o lodo
após o barro força
o bojo,
a cova úmida;
na palha sempre
o homem
apalpa o núcleo:
núcleo sujo
se o lodo,
contorno e ruga,
(caruncho)
após o barro suga.

SAFRA

para Sábato Magaldi

Com a graça do Senhxor invocada, a safra se safa,
por tudo ou por nada.

Um gesto e a peneira:
farelo
comido
à mesa comunga,
senhor, a fome
maior
parceira do homem:
na boca sem cuspe
de um seco lacustre.

Um germe e a frieira:
ferida
coçada
à mesa esmiuça,
senhor, a unha
maior
parceira da fúria:
um pisco de água
nos olhos da mágoa.

Um cuspe e a sujeira:
mendigo
contíguo
à mesa convida,
senhor, a morte
maior
parceira da sorte:
na hora sem eira
de um cuspe à beira.

Um rasto e a rasteira:
que safra
safada
à mesa evapora,
senhor, a renda
maior
parceira da venda:
um nada de paga
um muito de praga.

Um pisco e a goteira:
telhado
furado
à mesa inunda,
senhor, a chuva
maior
parceira da fruta:
não lavra um repasto
a lavra de um pasto.

Um fogo e a fogueira:
aceso
graveto
à mesa incendeia,
senhor, a vida
maior
parceira da lida:
na soma do medo
de morte no enterro.

Um gasto e a riqueza:
que safra
safada
à mesa esbanja,
senhor, a lavra
maior
parceira da falha:
de um rico perder
num pobre viver.

COLHEITA

Sob o não do homem, o que se colhe some, sob
a mão do mesmo homem que encobre o que se colhe.

A mão que colhe
cereal: aveia, arroz, café em casca
onde o pó envolve (correia e capa)
encobre
ao jeito próprio da mão que colhe
areia e cal: laranja, feijão, o pé em folha
onde o pó empasta (colmeia e toalha)
encobre
ao fecho próprio da mão que colhe
pantanal: avenca, milho, sapé em tufo
onde o pó estufa (frieira e mofo)
encobre
ao dedo próprio da mão que colhe
mel e sal: colheita, soja, fava em fuste
onde o pó enruste (coleira e haste)
encobre
ao trevo próprio da mão que colhe
mineral: turquesa, pedra, pedra em pedra
onde o pó enreda (pedreira e quebra)
encobre
ao treino próprio da mão que colhe
o pessoal: maneira, gente, povo em fome
onde o pó consome (menino e homem).

O medo da mão que colhe
encobre.

COMPRA E VENDA

1.

O produto da safra colhido na colheita, a risco de custo e susto, se marca no mercado marcado de compra e venda, sob peso de fardo.

Mercado marcado
de arroz, café, feijão e trigo
compraz comprando mulher e filho
que de comprar não compra
cisco de fardo
sem mais castigo.

Mercado marcado
de lavra, lavra, sapé e larva
mendaz mentindo dinheiro e praça
que de mentir não mente
peso de fardo
sem mais trapaça.

Mercado marcado
de treta, trégua, cupim e susto
tenaz tornando fatura e custo
que de tornar não trama
fibra de fardo
sem mais tumulto.

Mercado marcado
de risco, régua, raiva e renda
capaz cavando conversa e venda
que de cavar não cava
boca de fardo
sem mais parlenda.

Mercado marcado
de bagas, brigas, ralha e tiro
voraz versando vantagem e grito
que de versar não verte
bojo de fardo
sem mais capricho.

2.

Nos ares e males desta lavra, nada passa, tudo finda, no todo do seu curso que caminha. Mas, na lavra dos seus azares, nada acaba, tudo é finta no curso do seu jogo que termina.

De mão a mão
passa o produto passa.
A boca fecha.
De não e não o punho fecha.
Moeda passa para o negócio passa.
O tributo de sol a sol e a mão ao pão espera.

A boca abre:
passa o produto e a tarde.

Mira mira
corre o dinheiro corre.
O bolso rega.
De trem a trem o trilho reza.
A féria corre para o balanço corre.
O meeiro de sol a sol e a mão ao pão estorque.

O bolso seca:
corre o dinheiro à meca.

De dia a dia
pesa a proposta pesa.
O faro sente.
De mês a mês o lucro mente.
A venda pesa para o colono pesa.
A carroça de sol a sol e a mão ao pão esgueira.

O faro falha:
pesa a proposta e a palha.

De grão em grão
pleno é o celeiro pleno.
O jogo pende.
De pio a pio o bico plange.
A perda ganha para o consumo ganha.
O roceiro de sol a sol e a mão ao pão esconde.

O jogo finda:
pleno é o celeiro e a finta.

NOW TOMORROW MAU

(Intertexto em latim, alemão, inglês, francês, italiano, espanhol, português.)

1. MAU

IT'S MAU TOMORROW
IT'S NOW TO SORROW

OLD WORLD / ODRE HUECO
AUX HUESOS / MUNDO NUEVO
PRECIO OTRO / O TROPEÇO
OLD WORLD / ON THE FUEGO

gros sale
in gris saw
grisaille
bye bye sol
grise mèr
maré só

COCUS EN HERBE
CORETO
CORRETO
CORRECT
CUSCUS NA ERVA
COM RETO
COCUS EN HERBE
CON CREDO

in this time
dai-me
one dime
one two
only tu
um dime
dai-me
ohne zu
in this time

but
o fim é *fin*
bate
funs font fun
fã faz rã
but
fã fà *run*
fanfarrão
em afã e *fin*

go go ira
gorila
que faccia
que farsa
que nada
go go ilha
meine tralha
que rilha

2. NOW

NEW ERA IS NOT IRA
PERO ERA *ES* MIRA

ball of bowl
ton palco now
no man tira

não dai-me
danger os
ni now dangerous time
but all nuevo design

opus in mind
OPP ENHEIMER

OPUS EX MENTE MACCHINA
OPUS EX SILENT MAGMA

per opus
per dido
per dio
per omnia
però
per omnia

DATA

EX SILENT MÁQUINA
from new mens
von mil men
to practice
to praxis
the

Text
to test

THE TIME / ZUM SCHEIN

PRAXIS IN NOW WORLD
PRÁTICA IN NEW WORDS

zum schein ex magma
(mà qui sà le problème)

i b m
ab chaîne

praxis diz sum
practice dichtung
dichtung mène

THE CHAÎNE

IN SIÈME

kontext mit sum chaîne
i be ême

mon next game sur le problème
ai bi ém

praxis new man parola again
I B M

word in ordem

ordem in word

ton palco in orbe

IT'S NOW TOMORROW
IT'S MAU TO SORROW

INDÚSTRIA

AMANHÃ É O HOJE QUE VEM VINDO

Lina Chamie

(aos três anos de idade)

SUMÁRIO

a empresa da palavra
a angústia e sua tática

a empresa por setor
a indústria e seu vetor

a indústria e seu comércio
o comércio e sua astúcia

o dono/amo na indústria
o operário na estufa

a empresa artesanato
a indústria artenofato

a era do tempo-cera
a fera do tempo-empresa

o comércio expediente
na indústria de toda gente

a indústria em tempo de guerra
o povo em tempo de goela

a indústria/ a fera guerra-fria
o povo/ na goela ideologia

1.ª

A EMPRESA DA PALAVRA

O TEXTO   A TEIA
ateia o pretexto
da trama

O MUSGO DAS RAMAS NO ARAME
enxame de música

o texto
contexto e fidúcia
MANHA NA TRAMA
contexto da indústria

leitor/ meu autor/ o hábito do problem*a*
não ledor o hálito/ o teu do poem*a*
mas prática/ o movimento/ morte do tem*a*
nem orça o mento/ a imagem o esquem*a*
autor meu leitor/ o todo do produto/ fonem*a*
da consciência/ ciência/ o dado do dilem*a*
ao texto/ para a página/ pela anten*a*
tua leitura da letra/ mais semantem*a*
teu vocabulário da área/ em cen*a*
minha área/ tua palavra/ nossa aren*a*

O COMEÇO DA LETRA

O COMEÇO/A LETRA/O ALFABETO/O COMEÇO PELO **a**
DE ARENA/ÁREA SEM **n** POTÊNCIA/ E *já*

o alfa o gama/a trama
o alfa o beta/o alfabeto

o *a* de aranha
o *z* de zebra
a linha/ a letra
a linha nova de ler
a letra nova de ver

a linha/a letra
a letra/o risco
a meta/a reta
na história

(paleolítico=o pálio o mito)
(neolítico=o paralítico)

o alfa o beta
o alfabeto
o não aberto/analfabeto

o ômega na teta
o nome na letra

a fome soletra
o *b* de besta o ó planeta
na história do homem e sua meta

(paleolítico/o pálio o mito)
(neolítico/o paralítico)

★

amor de treta
na teta da história

do *a* ao *z*
leitura nova
para se ler

: na era de ver
o *a* de aranha
o *t* de trama
o *z* de zebra
o *f* de fera
na indústria era
com a mesma lesma teia
em tela.

AUTOR+LEITOR+TEXTO=TEXTOR

uma fúria de dizer na garganta
uma gula de prazer na abundância

o leitor por ouvir a sentença
o autor por fugir da parlenda

o leito do texto ao leitor
o texto do leito ao textor

o textor/ autor do texto/ **e sua fúria**
o leitor/ senhor do leito/ **e sua gula**

a sentença do texto sobre o código
a parlenda do leito sobre o córrego

o córrego da leitura em abundância
o código da estrutura na garganta

a garganta do textor por ouvir
a abundância do leitor por fugir

o autor/ textor do texto/ **com a sentença**
o leitor/ senhor no leito/ **com a parlenda**

no leito do córrego/ a leitura
no texto do código/ a estrutura

a estrutura e sua fúria de dizer
a leitura e sua gula de prazer

DIZ/CURSO

no discurso a palavra: luto
no vocábulo a palavra: curso

o curso do vocábulo: produto
o produto do discurso: luto

o luto do vocábulo sem curso
o produto da palavra em uso

o curso do uso/ o produto do produto
o uso do luto/ o defunto do defunto

o luto da palavra discurso
o curso do vocábulo em curso

o discurso sem curso do luto
o curso do discurso: produto

SIM & NÃO

o sim
pelo não
:sintaxe.

o não
pelo sim
:na praxis.

dizer o sim pelo não
dizer o não pelo sim.

a hora da marcação
a horda
seu fim sem fim.

★

a marcação do discurso
: o bobo poeta molusco.

O sem fim sem fim demagogo
do molusco
poeta bobo.

Dizer o não/ para a horda
dizer o sim/ para a obra.

★

na hora do discurso
fofo
por na boca do bobo
um ovo.

dizer o não
pelo sim.
:sintaxe.

fazer o sim
pelo não
:na praxis.

TEXTOR

nem poema
nem texto
:o textor
apenas.

o autor (em tempo)
com o por
instauração
:levantamento.

a trinca (por ano)
com a flor
da tradição
no ânus.

se em tempo textor
:o texto
o seu autor
no tempo e seu contexto.

se por ano a trinca
de poetas:
flor de lira
com poemas e poéticas.

contra o ano a ano
de poemas e suas lesmas
– o tempo ao tempo do textor
e suas antenas.

1.b

A ANGÚSTIA E SUA TÁTICA

FORCA NA FORÇA

—

a palavra na boca
na boca a palavra: **força**

a **forca** da palavra **força**
a palavra rolha fofa

a rolha fofa sem **força**
a palavra em folha solta

a força da palavra **forca**
a palavra de boca em boca

na boca a palavra **forca**
a palavra e sua **força**

—

falar na era da **forca**
calar na era da **força**

na era de falar a **forca**
a era de calar a boca

na era de calar a boca
a era de falar à força

calar a **força** da boca com a **forca**
falar a boca da **forca** com a **força**

calar falar a palavra
não na ira da era ida

falar calar a palavra
nesta ira de era viva

calar a palavra na era ida da ira
falar a palavra na viva era da vida

—

Mas a **forca** da palavra **força**
:um cedilha em sua boca

A PALAVRA SEM CABALA PARA O POVO E SUA FALA

a

O olho do povo
na palavra
o povo de olho
na cabala

o olho e seu visor
o povo/o seu leitor

o leitor destinatário/ um visor sem refratário
a palavra dor de carga/ a cabala flor de sala

contra a cabala da flor
toda a palavra da dor

não a dor leitosa do leitor/ destinatário
nem a flor aurora do autor/ o refratário

mas o problema do leitor doença
mas o dilema do autor carência

(A doença do problema
em cada rua
a carência do dilema
em cada angústia

a angústia da rua
em cada praça
o problema da indústria
em toda a massa)

★

num visor sem refratário/ um leitor destinatário
o destinatário/ a carga/ a dor

★

em cada visor/ o olho do povo
em cada leitor/ o povo de olho

o olho do povo na doença da cabala
o povo de olho na carência da palavra

A PALAVRA SEM CABALA PARA O POVO E SUA FALA

b

a cavalo na palavra/ a palavra na cabala
o fogo mudo nos lábios/ os lábios do testemundo
a cabala: tétrico rio/ o rio elétrico da fala

o engodo da palavra
: a fome da cabala
— a frase-palha.

o antídoto da cabala
: a linha de palavras
— a linha-faca.

★

a virulência da letra/ a contundência da pedra
o organismo da sílaba/ o reumatismo da língua
no cavalo a pedrapata/ na cabala uma facada

o signo da cabala
: o fofo frase de palha
na morta língua peralta.

o vírus da palavra
: o bloco frase de pata
na viva sílaba/faca.

entre a letra e a pedra
entre a pata e a palha
— a cavalo na palavra
contra o vago da cabala —
a cabala com carência
a palavra contundência.

★

em cada palavra: a ferida
da imprensa por comida.
em cada cabala: a peste
da doença por manchete.

na manchete do dia

o telegrama com a notícia/ o revisor com a polícia
a radiolfoto fisionomia/ o taquidátilo linotipia
a máquina da imprensa/ a tática da influência

na manchete do dia

a notícia ideologia/ a polícia covardia
o muro do fugitivo/ o pulo no precipício
a engrenagem trustbando/ a chantagem contrabando

na manchete do dia

a explosão no subsolo/ o furacão terremoto
o turismo maresia/ no lirismo do suicida
o vaticano polipapa/ o marciano astronauta

na manchete do dia

a querela do sindicato/ a assembleia do patronato
o curandeiro telepatia/ o guerrilheiro na mira
o disfarce pela mata/ o ataque represália.

na manchete do dia

a fanfarra do ocidente/ a ameaça do oriente
a ideologia tara-china/ o cornuc'ópio da ira
a polícia no hemisfério/ a notícia no cemistério

na manchete do dia

nos dias da nossa vida
a imprensa telemáquina
a tática da inconsciência
na onupresença da farsa

PELA IMPRENSA

a notícia na cabeça/ a malícia e sua peça

a peça da notícia
na consciência
:a consciência da malícia
pela imprensa.

o ato da peça no inocente/ o fato da pecha
com seus dentes

os dentes da peça
na engrenagem
:a engrenagem da pecha
na chantagem.

Nos dentes da engrenagem pela imprensa
:os inocentes da chantagem pela crença

★

nos dentes de toda farsa
os inocentes de graça

você leitor/ do lado da graça.
mas na aranha do mar/ a farsa

da indústria.
a indústria do lado da angústia.

você autor/ do lado da aranha
fia seu fio de angústia e manha.

do lado da indústria/ a teia do povo
na praça.

você leitor dentro
de casa.

dentro da teia do ar
:a astúcia

mas por casa/ leitor/ passa a angústia
pelo ar do mar: a indústria.

a indústria do lado da aranha
você/autor/com o emaranhado do mar/ na trama.

2.

A EMPRESA POR SETOR
A INDÚSTRIA E SEU VETOR

A FALTA DE ENERGIA ELÉTRICA PARA MÁGOA DA INDÚSTRIA TÉCNICA

a

a alegria da água
a energia da mágoa

para a sede da indústria
a rede da força bruta

os kilowatts da mágoa
os arremates da água

a água de toda represa
na mágoa força da empresa

contra a parede da fúria
a angústia e sua indústria

★

o braço de água no canal
o pantanal de água no charco

a água no braço do leito
o estreito lago da mágoa

★

o gerador da mágoa na alavanca
transformador da água na rampa

a chispa da água e força
a liga da mágoa e corça

a corça da chispa
na liga da força

a força da liga
na chispa da corça

gera a dor na rampa
transforma a dor alavanca

no gerador da energia/ a água
no domador de alegria/ a mágoa

★

a mágoa contra a represa
na água morna da empresa

na água represa da angústia
a mágoa/ parede da fúria

com a viva rede/ energia
com a morta sede/ alegria

b

o dique contra a água/ o declive e sua cascata
a serpente contra a pata/ a corrente e sua faca

    a água contra o dique/ na barragem
    a pata contra o aclive/ na freagem

    uma barragem de água/ a pata fria
    uma freagem de pata/ a energia

    uma faca na corrente/ o sol seu brilho
    uma pata na serpente/ o nó de guizos

    os guizos chios da folhagem na serpente
    o brio fio da corrente na voltagem

a barragem de águas / a cascata de patas
a freagem de patas / a cascata de águas

MOVIMENTO HIDRÁULICO

e s t e e s t a r instalação = esta prensa de prensar
essa estaca e o demão = ela prensa o patamar
cego bem de produção = certa e densa contra o ar
esta base sofre a prensa = ponta ou lança quase pinça
dessa base nasce a ponta = esta base sofre a prensa
ponta ou lança quase pinça = cego bem de produção
dessa base nasce a ponta = esta base sofre a prensa
ponta ou lança quase pinça = certa e densa contra o ar
certa e fina contra o ar = ela prensa o patamar
certa e densa contra o ar = certa e fina contra o ar
esta prensa de prensar = ponta ou lança quase pinça

esta prensa de prensar
cego bem de produção
essa estaca e o demão

eis o estar instalação

COM A INSTALAÇÃO DA PRENSA / A COMBUSTÃO DA TÊMPERA

a têmpera
:o banho
:a prima

da matéria
:o céu/a fímbria

o banho
:tempo irado
:o braço

o braço
:o seu
:o meu
:o céu

o fogo da indústria
:o breu

comeu.

UMA PASSAGEM DO ÓLEO

o espesso
o nó de óleo e tudo
o engulho do medo
a explosão do tubo
passa pelo espesso oleoduto

o negro
um pé de alho e fruto
um entulho graveto
a aluvião de outubro
grassa pelo negro oleoduto

o lento
a flor de lótus e luto
um entrudo esqueleto
a cremação defunto
rala pelo lento óleo mudo

o óleo
os santos olhos do povo
de molho

a graxa no fosso
uma sonda no poço

o óleo grosso
o olho gordo
do povo no osso

★

o molho de olhos
na lama

um cogumelo de osso

a chama do óleo
na rampa

a graxa da lama
no poço

a sonda na rampa
do fosso

★

o óleo da chama nos olhos

um toco de osso
no lombo da rampa

sombra de sonda

um cogumelo de fogo
no olho do povo

ronda

METALURGIA

indústria: o malho a manha
outra vez a mina da trama

a mina de Minas/os poços de caudas
pau e chita: bauxita explorada

indústria: metal lá vai o curso
a orgia do custo/ surto/o *u* do susto

metal orgia inda anda à meta
sub volve mento o povo: pau na testa

indústria: o país ingresso impresso
o **l** da lei na letra do preço: o prego

metal urgia urdia o tempo: urgia o p
de povo/ o ovo sem p o ávo do v

indústria: produção pré-cisão no agro
consumo com sumo ar/ queijo magro

INDÚSTRIA DA MECÂNICA PESADA

mecânica pesada
o peso: o azar: o crédito.

o peso no solo = a asa no ar
o féretro.

a pedra-de-toque
do débito.

não da indústria
pois país sobe sob o sub.

mas do negro ás
marcado/o lúgubre.

o lúgubre mercado
a marca do cheque
a fiança/ a sua dívida
a dança/ a cabra
da mecânica pesada

:trator, tanque, turbina
macabra sina.

★

mecânica pesada
este o porte

:transcargo/finança
transporte/falência.
A falência do crédito
a pedra-de-toque-do-débito:

finança do féretro.

a pedra química da sina
:trator, tanque, turbina.

O PESO DA PEDRA QUÍMICA
NA INDÚSTRIA PETROQUÍMICA

PETROQUÍMICA

na petroquímica
uma química do povo.
sem alvo
uma clínica do olho
deficitário
entre a fome e seu salário
salvo.

★

o galão/o tostão
o derivado
sem refino
no fino de você
no piso do galpão:
seu tino.

que tino quietinho
(o do povo).
então cretino
o povo menino
na chama da consciência
chama o mínimo.

o peso mínimo
o salário menino
o menino / sol erário.
a consciência (o dela)
toque revolucionário.

então a pedra o toque
a classe (o povo) a fibra
no início:
sem lasca da idade da pedra
na era da ira
grita.

mas a grita do povo/
um polvo de língua:

petroquímica
sem foco de fogo.

SIDERURGIA S.O.S.

Se der o ouro: sidéreo opus horáriO
Sem sol o sal do erário: saláriO
Se der orgia/semistério: o empresáriO
Siderurgia do opus o só do eráriO
Se der a via do pus opus erradO
Se der o certo no errado: o empregadO
Se der errado no certo: o emprecáriO

TINTAS E VERNIZES

tintas e vernizes
tintas e varizes

a cor urticária
a dor operária

—
as cores varizes
as dores cicatrizes

as varizes das dores
na pinça

as cicatrizes das cores
                    nas tintas

a tinta das varizes
                  aquarela

a pinça das cicatrizes
na tela

na tela/ a mancha da tinta
aquarela/ a franja da pinta

a pinta na franja da tela
a tinta na mancha aquarela
—

entre a mancha e a franja
sobre a pinta da tinta
a cicatriz das varizes

na perna
as varizes cicatrizes dos vernizes

na pele terna da tela
na tela pele da perna

—
a cor urticária
tintas e vernizes

a dor operária
tintas e varizes

INDÚSTRIA DE PORCELANAS E REFRATÁRIOS

de pé atrás
:de mãos no bolso
a marcha do homem
:o dono.

a marcha para trás
os pés de argila
o forno a gás.

de ré rapaz
: o dom no jogo
a marcha do sono
:o corso.

a marcha para trás
as peças na trilha
as peças em fila.

de pé a ré
:as mãos no bolso.
o gás no forno.

o corso da marcha
do homem na praça.

de peça em peça
:a argila em chamas
o fogo em mechas
o gás na flama.

no fogo: a p o r c e l a n a.

de pé pra trás
:o proprietário
—seu dom rapaz
de refratário.

NA HISTÓRIA DO REFRATÁRIO / A MEMÓRIA DO OPERÁRIO

DA INDÚSTRIA PORCELANA / A ANGÚSTIA E SUA CERÂMICA

1. o barro. a máscara de gesso. a mímica. com seu gesto de pedra na
cara do operário: a mica da jazida.

o molde do proprietário à risca. 2.
esta a história da massa: o tempo
lento da cera na fábrica/na praça.
a cera do tempo/ a pátina. a cena da praça/ a farsa da massa na fábrica. 3.
fez faz, faz fez a tez a paz.
o gesto de pedra no tempo de história faz. a ânfora grega/ a cuia asteca/
a xícara negra. 4.
mas, mas, ora
mas mas. o povo não faz. antão então: um milênio de forma na cena
do tempo. com a cera da fábrica na farsa da massa. sem gesto na
praça. 1.1
na era tecnológica/ a paciência da história em jogo. a in-
consciência do povo. a cara disforme em forma/ a norma, na presença
da arte contra o fato: artesanato. 2.2
cerâmica a cera da mi-
ca/ o quartzo sem fibra. o braço operário. mecânica da cera/ na era
do jato. 3.3
o povo come a escória da história no poço, na incons-
ciência do fato: frente a frente o artefato/ o povo come barato. o povo
come o osso da hora: o seu boato beato.
4.4/quatro ponto quatro/4.4/4.4/quatro ponto quatro/o povo/ 4.4/
o povo de quatro.

CONSTRUÇÃO CIVIL

1.
servir na pedra:
se vil moeda.

2.
antes dentro da caixa
              :a telha
              ainda na prateleira.

depois fora da caixa
              :a pedra vinda da pedreira
              a telha.

diante da pedra: a planta.
diante do esquadro: o compasso.

na roda da roldana
o pé na prancha
                                : o operário.

no miolo que não é mole
o conscivil que tudo engole

aos goles:
              um cálculo
              da construção.

um êmbolo
da exploração

um ângulo
da paz na mão

3.
entre a areia da pedreira:
a pedra.

entre o bolso e a algibeira:
a vil moeda.

pois
/se vil moeda:
servil a pedra.

CENA ESTALEIRA

o casco no mar
o mastro no ar

a onda no casco/o operário no forno/ o ferro no entalho
no trilho de ferro/o operário no torno/ a viga de aço
o encaixe do dente/as fagulhas do fogo/ o elo corrente

o fardo convés
o cabo escaler

o gancho nos fardos/ as fagulhas no forno/ a sonda nos cabos
a corda guindaste/ o operário no fogo/ o guincho nas hastes
o timão escotilha/ as hulhas no morno/ o arpão contra a quilha

o radar da bússola
no ar mar da fuga

★

o óleo do mar na quilha
o morno do ar na trilha

o grosso molho de óleo/navio
o fofo tufo petróleo/pavio

pavio de fogo
navio de borco
o forno em foco

INDÚSTRIA DE ELETRODOMÉSTICOS
máquina de lavar

a.
a máquina de lavar roupa
a tática de levar trouxa

o movimento interno da roupa
na máquina de lavar trouxa

a trouxa de roupa na máquina
o trouxa na roupa da tática

b.
por agitação o movimento da máquina
centrifugação o movimento da tática

c.
o movimento interno do trouxa
o movimento externo da roupa

o movimento do trouxa na máquina
o movimento da roupa na fábrica

d.
o movimento interno da fábrica
o centro da fuga na ação da tática

o movimento externo da tática
no auge da ação o não da máquina

e.
a tática da máquina compra a roupa
a máquina da fábrica contra o trouxa

ELETRODOMÉSTICOS

ferro de passar

o punho na alça = o calor na peça
a forma do ferro = o aço e seu peso
o peso que passa = o ferro na alça
na alça que passa = o friso da calça
o fio da liga = a gola camisa
a calma passada = a dona de casa
o aço e seu peso = camisa de ferro
o punho e seu aço = o homem já preso
                                   na praça

ELETRODOMÉSTICOS
refrigerador

a conserva
:os frios
no prato do dia.

a carne/ a fruta
:o leite frio
economia.

a dor do gelo
:o dedo no pão
a vaca fria.

o gelo do frio
:o refrigério da dor
anestesia.

o pavor da fome
:provisão
o medo/carestia.

o pavor em conserva
o frio de cada mesa
no prato do dia.

ELETRODOMÉSTICOS
exaustor de ar

o ferro que passa
a máquina que lava
a tática que leva.

        o exaustor
            do povo:
um ar refrigério

na casa / na praça
no banco / no gozo.

a exaustão do povo
  eletrodoméstico
sem ar magnético.

INDÚSTRIA AEREOTÉRREA

o leve voo
o breve zoo
o voo espacial
o zoo   animal

o animal do voo
o espacial do zoo

★

no avião o ar motor das asas
no chão o voo do trato das pedras

nas asas do motor/ a hélice   atmosfera
nas pedras do trator/ a erva forrageira

as asas no avião
as pedras no chão

as asas de pedra do trator/ a força fera
as pedras de asas no motor/ a força queda

INDÚSTRIA ALIMENTÍCIA

o que falta à massa
o alimento
o mento ali
(do povo)
a boca
ali
do polvo
a goela
o dente javali.

já vai ali
a massa
(não o povo)
o inimigo/o trigo
a messe
falida massa
na safra
de arroz feijão
e milho.

o que falta ali
à boca
é não missa
tomado   mate
o molho da sorte
o extrato da vida
o arremate.

nem o ex pago
aspargo
(o enlatado)
mel de aveia
mas o embalo
a forma da embalagem
na aragem:
a teia

(do povo)
contra o polvo
o já vai ali
da massa
com fermento na mente
e mento:

o p o v o n a p r a ç a.

INDÚSTRIA FRIGORÍFICA

o sangue/ o quente da pastagem
o quente
                    o sangue
                    o boi na aragem

o boi na engorda
o boi na corda

o quente o sangue do boi
a corda no poste
a engorda na hora do corte

a corda
                  ´a hora do sangue
                  na haste na veste

o boi na tarde

o quente da pastagem na aragem

o sangue da carne
o quente do sangue
                                        /a aragem
                                        na tarde

com o boi na corda
a degola da hora

a mente do homem na engorda

explora

: a fome sem dente
na boca da gente

A INDÚSTRIA DA TECELAGEM COM UNS SEUS ARES E TEARES

a moça do tear

1. a moça de fio egípcio. um dedo dedal fenício.
o pedal tear do ofício:

2. a piadeira teia da moça. o fio na esteira novelo.
o ponto linha na roca/ uma fileira de dedos.
a trama da tela estrela:

3. pelas correias a teia. pela esteira os cabelos.
a trama da fiadeira no tear fenício/ egípcio.
um fio de mil novelos/ numa peça de tecidos:

4. um tear de olhos fixos. um olhar da moça vê-lo.
com os dedos no cabelo: a moça/ fio de medo:

5. num pedal de pé fenício/ um tear desenho estrela.
num dedal de fio egípcio/ um olhar de medo em tela:

a moça de olho fixo
numa peça de tecido
com o olho dedo do medo.

A PARÁBOLA DO ALGODÃO E DO PÃO

se uma mordida num chumaço
de algodão/ um arrepio.

se uma mordida num pedaço
de pão/ um não vazio.

se o chumaço
no ouvido de um faminto
:um som sentido.

se um sem sentido
do faminto
:um pedaço não mordido.

se o não vazio de um pedaço
de pão/ um bem mordido.

se o bom macio de um chumaço
de algodão/ um mal sentido.

o mal sentido do faminto
de pão vazio:

com o sem sentido do vazio
num algodão mordido.

INDÚSTRIA DE COSMÉTICOS

a beleza das unhas
:
a unha da polpa
a pobreza sem fortuna
:
a fortuna na bolsa
o cosmético e sua marca
:
a lata de creme na mesa
o cosmos hermético da laca
:
o creme de mãos aspereza
o hábito da beleza no espelho
:
o lábio da surpresa na moça
o cálido da lavanda no artelho
:
mas/ o hálito da pobreza na boca

INDÚSTRIA FARMACÊUTICA
FARMÁCIA: UMA RECEITA

um exército de analgésicos
um povo sem seu exército

os cupins do analgésico
os ruins do povo cego

o exército do povo/anestesia
o povo no exército sem alergia

o exército sem povo/ sua indústria
o povo com o povo/ em sua angústia

★

na indústria/ o cadastro farmacêutico
na angústia/ o cadáver formioassético

para a gripe do povo/ a quinina
para a mente do polvo/ mescalina

para o micróbio no fórmio/ diagnóstico
para a fome no cardápio/ vão do vômito

para a plebe sem remédio
uma febre de analgésicos

★

contra o povo/ plebe sem remédio
a febre analgésica do exército.

essa a indústria química farmacêutica
essa a angústia cínica terapêutica.

HISTÓRIA DE UM SUICÍDIO NA FÁBRICA DE ADESIVOS

— mortelex, duratex

1.
numa fábrica de adesivos
um suicídio nunca visto.

o operário
:a navalha na garganta.

o sanguiário
:muitas faixas para a estanca.

pela garganta/ os golfos
para a estanca/ os rolos

os golfos de sangue na garganta
os rolos de faixa para a estanca.

os golfos de sangue vivo
as faixas de adesivo.

mas a faixa de adesivo nada estanca
nem a graxa do sangue na garganta.

se nem estanca um corte
pela garganta/ a não morte.

a não morte do operário
contra o corte sanguiário.

contra a não morte
        (suas fintas e capricho)
o operário com seu destino.

com o tão corte
        (seu fio de sangue vivo)
o sanguiário nos cilindros.

com seu destino e suas linhas
contra o cilindro e suas ligas

        : o operário/ o sanguiário
busca a morte nunca vista.

        esta a história
      para a memória
        e seus dissídios
numa fábrica de adesivos.

2.
os cordonéis da fita/os carretéis da cinta
o vermelho das faixas/ o amarelo da graxa

        pelas faixas: os cordonéis.
        pela graxa: os carretéis
          da cinta/fita
        no cilindro e suas ligas.

★

em cada liga/ uma faixa
em cada fita/ uma graxa

em cada faixa de fita/ o adesivo
em toda graxa da fita/ curativo

um adesivo para o lacre
um curativo para o corte

se em cada lacre uma cinta
em todo corte uma fita

3.
nas ligas do cilindro/ a cama de cada faixa
nas fintas do destino/ a pomada de toda graxa

em cada faixa uma liga
em toda graxa uma finta

no cilindro uma pomada
o destino e suas camadas:

★

nas camadas do destino
as estradas do suicídio:

o suicídio pulo n'água
o delírio da facada
na carótida inflada.

o suicídio por veneno
o martírio do despeito
na paixão de negro negro.

o suicídio pela corda
o convívio da discórdia
no calor de cada casa.

o suicídio fogo em veste
o espinho do desgaste
no abandono e sua febre.

o suicídio da janela
o florido de camélias
no torto rosto dela.

o suicídio asfixia
o marido e sua ferida
na vingança sem saída.

pela vida e suas camadas
cada suicídio em sua faixa.

4.

mas esse suicídio na fábrica
de adesivos e outras lacas

: um suicídio testemunho
de outro corte não nos punhos.

: um suicídio sem destino
entre as ligas de um cilindro.

: um suicídio cobra rindo
no sangue da fita em pingos.

: um suicídio para a crônica
de uma fábrica e sua esponja:

a esponja da memória
contra a tônica da história.

EM TODA INDUSTRAMADA ESTRATÉGIA/ A INDÚSTRIA TODA DA MISÉRIA

investimento.
na artéria da miséria
o povo/ sofrimento.

★

o tempo e sua era.
a indústria da miséria.

a miséria do país.
a indústria sem raiz.

na raiz da miséria
a palavra/ artéria.

: a pá na terra
a paz na serra.

na artéria da miséria
o passo do beato
no asfalto.

★

o tempo e sua muda
a indústria e sua pua.

na era da pua/ a via dura
da indústria.
a via da viatura
no espaço a cada passo.

não mais nessa era
:o pé na terra
a paz na serra.

não mais a cada passo
no asfalto
:um ato beato.

★

na era da pua
um passo de fuga
em tempo de vento.

quando
a indústria investe o mento
contra
o povo: subdesenvolvimento.
se na artéria da miséria
a indústria
com o povo: o não sofrimento
sem sim ao roubo.

3.a

A INDÚSTRIA E SEU COMÉRCIO

AGIOTAGEM

um
dois
três
o juro: o prazo
o por/o cento/o mês/o ágio

p o r c e n t á g i o.

dez
cem
mil
o lucro: o dízimo
o ágio/ a mora/ a monta em péssimo

e m p r é s t i m o.

muito
nada
tudo
a quebra: a sobra
a monta/ o pé/ o cento/ a quota:

h a j a n o t a
agiota.

AO PÉ DA LETRA

A LETRA/ A VIDA
a perda/ a briga

o paralelo 38 outrora
o paralelo 38 agora

o mercado paralelo=o homem promissória.

a promessa da hora
(para um belo)
o homem na orla
da vida.

o homem-dívida.

★

a fome/ o crédito
a fome na aurora
sem remédio.

a boca de aura em aura
sem hora.

a vontade da boca
em água.
a letra
na cor azul/ concordata.

foi-se a aura
só sem data.

o homem
na linha divisória
da vida.

sem grita
a hora e sua aura
no fel família

A LETRA LIDA.

★

cego
o paralelo 38 outrora
agora: mau protesto
da aurora.

o homem na orla:

A MORTE AGORA.

BANCÁRIO

no banco um ramo
sem galho
:ramo bancário.

o credo crédito
no pêndulo do numerário.

chega o cheque/sai o homem
- um poço de cobras
no olho olha
visado cheque:
molho de notas.

na caixa: o caixa
um homem/ fundo de cobre
cobra.

pandora de conta
faz de conta
:caixa da sorte.

um corte
um dízimo libra
não orçamento.

dívida dos dias
sessenta noventa
:o investimento.

no banco
um galho sem ramo
um homem sem
vestes
a perda no tempo
pêndulo da sorte

o cheque em xeque.

O SUPERMERCADO

o supermercado preço
o supermercado negro
o negro marcado: banco
o preço mercado: branco
o selo do mercado preço
o elo paralelo negro

contra o selo do preço branco
:o paralelo do negro câmbio.

O ANACONÔMICO

o econômico:
o planejamento em casa.
o anacrônico:
o sentimento em brasa.

a casa do sentimento
nas asas
do planejamento.

★

os dados no escritório
os fatos no simpósio.

o escritório dos fatos
em cada lado
do dado
peremptório.

★

o sentimento peremptório
:a estatística.
o sentimento da vida
contra a ficha.

a ficha do planejamento
em casa.

a estatística do sentimento.

★

as asas de cada lado
do dado.

a brasa de cada fato
de lado.

o dado da estatística
contra a vida e sua malícia.

a malícia de cada ficha
no fogo fátuo da vida.

★

de fato:
no fato da vida/ o sentimento.
de lado:
no dado da ficha/ planejamento.

anacrônico:
o planejamento e suas asas.
econômico:
o sentimento e sua brasa.

DESCE O PIGNATÁRIO

o otário o prognata
: o prognatário.

o otário, o pignata
: o pignatário.

desce o uso
do erário
: o usurário.

sobe o falso
vigário
: o falsário.

onde há
dente por dente
na proposta
do otário,
sobe o prognatário
usurário.

onde há
naso por naso
na propina
do erário,
desce o pignatário
falsário.

no sobe e desce
do otário, dá-se
pois
o pignatário
e
o prognatário
iguais
em seu contrário.

3.b

O COMÉRCIO E SUA ASTÚCIA

PASSIVO/ATIVO

o sub   mento
volve a mente
entre ante antes

1. entre mentes: a letra aplaina o prazo. o passivo ativa o câmbio. a indústria malha o malho.

o suprimento
monta à mente
antes ante entre

2. antes pende: a nota alarga a paga. o ativo passiva a mora. a indústria mora a moratória.

o sofrimento
conta a gente
ante entre antes

3. ante gente: a grita aguça a goela. o passivo pasta a quebra. a indústria a quebra vela.

monta à mente
o sofrimento
o suprimento
o sub   mento
ante antes entre

COMÉRCIO EXTERIOR

o imposto
o amor o custo

a amêndoa
a almôndega
na alfândega
a taxa o lucro.

★

o que vai
(do povo)
a valia
o esforço e tal
banal
:o tema do trabalho
sem
aval.

★

então o mal do esporte
:a exportação.
o bando no canto
em ação
nas eiras das bandas
do norte.
sem eira nem beira nem sombra
a bandalheira
e seu mando
no branco/no negro/no câmbio.

em vão
quem paga
a paga.

em vão
a multa/ o conto
no afã do afã
na gare:
alfandegária manhã.

à mão o entrave
:a viga/o erário/ o tombo.

★

enfim a graxa
cifra
as cifras
na caixa.

O F.O.B. / O C.I.F

e o saldo numerário
da gente/do caixa/do tombo no conto=o vigário.

ARTEFATO DE BORRACHA

os miúdos do dia: os passos
o preço dos artefatos

os graúdos da vida: os gastos
o vezo do cambalachos

os passos miúdos/as patas
do gato : o elástico no salto

os gastos graúdos/os cascos
do gado : o estático no pasto

o preço dos miúdos artefatos
: a cinta a capa o sapato

o vezo/ os graúdos cambalachos
: a bolsa a praça e o peculato

as patas do gato/os cascos do gado

o assalto no salto=o artefato do gasto

com a borracha no mercado

VENDA

vai vender a venda
os olhos no outro

foi vender a venda
o outro nos olhos

os olhos nos olhos
o outro no outro

já vendeu a venda

o outro na venda
a venda nos olhos

4.

O DONO/AMO DA INDÚSTRIA
O OPERÁRIO NA ESTUFA

OPERÁRIO NO GALPÃO

no galpão
o opus/a máquina
o horário.

muito avanço da ação
o opus/fichário.

pronto
marca o ponto.

a lei a lista
o trabalho / pão
não no galpão trabalhista
não
!
mas o horário
o atraso — o avanço
a pré e a ré:
o passo de ganso.

a consciência do atraso = avanço do pato
a consciência do avanço = o ganso no paço

TURNOS DE TRABALHO

primeiro

SOTURNO
SATURNO

o turno de trabalho
o torno
o anel diurno
morno turno
em brasa/ saturno.

o anel de saturno=a chama em flama
fila de homens=fila de fome

★

barras de ferro
grades de barra
o homem na fábrica
preso.

★

na fábrica:
a trilha da barra/na carreta da fábrica
:o braço
mão de obra no corte
do lingote de aço
com cadeia de elos/ com dente de cobre.

signo do ouro/astro de agouro
sirena de horóscopo:

touro  de um/ áries  de outro/ câncer  de todos.

★

cadeia do anel
a barra da grade no braço
um homem de fel:

o o p e r á r i o
sem rumo

SATURNO/SOTURNO

segundo

tarde por onde anda
por tanto tanto tempo.

à sombra
o povo

esfria a têmpera.

temporário azul lá fora
cinza na fábrica
este tempo de gare
entre as placas de fórmica.

formas de fome
no turno
tempo de entorno
segundo a ordem do dono
o turno do soldo

n o t o l d o d a t a r d e

$$\text{tarde cinza} = \frac{\text{brisa}}{\text{brasa}}$$

quando a turma do turno
produto de nada

com tudo na gare
produz sua trégua de classe
enquanto

um tudo azul do povo passe.

★

terceiro

noturno da noite a consciência no trilho trem no túnel
o horóscopo o diábolo o básculo o másculo limbolume

lombo de homem
luz no ombro.

a sirena do horário
lobo/ homem
lobisomem:

o o p e r á r i o.

FORA DE CASA
OPERÁRIO COM A FILHA NA FILA DA MASSA

TREFILA
tens filha

turva hélice
tua filha
na massa

turbo cálice
tua face
tua missa
tua messe
em casa

★

a messe de faces
na massa.

turva fila turba (povo) fóssil.

difícil e fácil/ pobre erário
fácil óbolo teu salário.

salário de messe
erário de missa:

/você/ tua filha/ tua rixa
na fila da vida.

COM TEXTO DE BORRACHA

1.

passo comprido/ o tropeço
no elástico do passo
o tombo e seu preço

: borracha no lombo.

nos tempos desiguais:
a via láctea/ os olhos siderais
do amo sem sono
: o dono de escombros
com passos nos paços.

nos tempos seringais:
a vida láctea/ o corte no tronco
: a lâmina/o aço
nos ombros.

embalde o elástico do passo
se no balde o bagaço
se na gota da goma
o homem com sono
com olhos tracoma.

2.

mas passo cumprido
: com texto a borracha.
consciência elástica.

pois a borracha do texto/ não a borracha da fábrica
com a forma do medo/ nem a goma arábica.

mas a máquina da fábrica/ a outra trama láctea
na prática da tática/ não a trama flácida da graxa

porque
na fábrica = o medo da tática em marcha.
porque
na tática = o medo da fábrica em massa.

3.

com passo comprido
com passo cumprido
sem medo do tombo
ou borracha no lombo:

a consciência elástica
no contexto e sua prática.

CORDUME/CARDUME

povo: um cardume sem dono
um ardume nos olhos
um friúme nos ossos.

uma febre
uma peste.

um fio de fumo
nos olhos do homem.

um fio de gume
no lombo de couro do pobre.

um corte sem rumo.

★

o cardume dos peixes do lucro
:o azedume.

o ofício *pro domo* do dono
do couro no cume do custo do ouro.

★

mas na pele do povo:
a pelica da película
:a cena da vida:
no lombo do couro/ a lida.

no bolso do amo
:o ônus do povo
sem pomo de ouro.

★

um friúme nos ossos.

a goma da cola na sola
quando o povo na lona
bate o passo de pato sem hora.

★

um ardume nos olhos do dono
:o lume do ouro no couro.

lume sem lume/ um vagalume
no olho do povo sem dono.

NA SOLA DE BORRACHA A LONA

sol nas costas
sal na cota
da comida
? onde o povo ideologia ?
bater o sol na hora
bater sola na orla da vida
(a consciência e sua ferida)

—
de costa a costa
de cota a cota

na orla a hora morna
na hora a orla/a lona

um homem na lona = uma fome na órbita

na órbita dos olhos
uma roda na rota da hora
tracoma

a hora morna

—
na órbita da orla
o homem calota

na orla da órbita
a hora da sola

na sola da rota
os olhos em órbita

com fome chacota
à custa da cota
com a sola na lona:

a hora tracoma.

—

    sol nas costas
    sal na cota
    da comida:

a c o n s c i ê n c i a e s u a ferida.

O ATAQUE

o homem na empresa
o custo na mesa
o desgosto/ sua oferta
no rosto/ sua careta

o homem na cadeira/o homem à mesa/ o escritório na empresa
a empresa do homem/a empresa no horário/ o nome funcionário
o nome da empresa/a cadeira o escritório/ o nome na mesa

o funcionário sem nome/o homem com horário/ o empresário
o funcionário à mesa/o operário na cadeira/ o rosto da empresa
o funcionário empresário/o horário na cadeira/ o rosto do operário

O ROSTO DA EMPRESA
O DESGOSTO À MESA

no coração do homem/ a veia o miocárdio
o meio cardo do coração/a ceifa do não à mão

na empresa e seu cifrão

METANOL

metanol
(álcool metílico)
meta o nó
na hora.

medo não
(povo)
boca de pó
bocó
sem era.

pré de amar
preamar
lança a classe
arre.

dá no pé
se perde
mas fecha
a fase:

a história
contra
fé e pré

a p o r t a a b r e.

5.

A EMPRESA ARTESANATO A INDÚSTRIA ARTENOFATO

fazer na prática. a era muda o modo de fazer: o ato
nega a cera mágica da era que era negra.
não negra má maldosa. era o que é de fato: cega.
capricho em hora lenta: artesanato.
agora, não, outra fera. a meta: mecânica era
de fato e arte: artenofato.

FIAÇÃO

indústria fia malha
indústria fia manha

tece tecido o gasto
funde chumbo no aço

sem arte de artesanato

★

a malha fia indústria
a malha fia astúcia

o gasto tecido tece
o chumbo no aço ferve

com arte no fato: artefato
sem arte de artesanato.

★

a astúcia na malha
a indústria da manha
:a artetralha
da trama.

ARTESANATO

o artesanato — a hiena
na era tecnológica.

a l h i e n a .

★

a arte de paina
flor erótica
na era tecnológica.

mas que faina
que dura pena
?
se o artesanato
(hiena sem ótica)

alhiena
na era tecnológica.

povo/artesanato
dono/arte no fato

trabalho/ o malho
indústria/ a manha

povo artimalho
dono artimanha

se o povo passa a arte no fato
morre o artesanato.

ALFILHETE

norte/ sul
leste/ oeste

a comunicação entre esferas
a comunicação entre janelas

na esfera: o satélite
o bilhete na janela

na esfera: o som estéreo
na janela: o tom mistério

★

um ponto luminoso
no espaço:
alfinete
no preto celeste

na janela: o bilhete
flor no vaso.

★

comunicação/ o teste
da comunicação
seu leste:

astrograma/ a mensagem
euletrônica/ a linguagem.

6.

A ERA DO TEMPO-CERA
A FERA DO TEMPO-EMPRESA

TEMPO DUPLO

1.

função. ato.
homem. ação.
artesanato.
a história adiante, a história atrás.
o serviço. a idade. a média da idade
na era negra: a idade menos de mais.

artesanato: a arte da mão na tarde.

2.

o tempo tarde. o tempo cera.
a tarde tarde. a cera seda

no fuso: o homem move e espreita.

o homem tempo. o homem ato.
o tempo tarde. o ato salto

no tempo: o homem espreita e solta.

solta a máquina
a máquina salta.
o homem fábrica.

3.

na fábrica. no século. no templo.
o tempo no templo. o século na fábrica.

no tempo: a flor. a cera. a mímica
da obra em flor: c e r â m i c a.

na fábrica: o pôr. a fera. a técnica
da obra em pôr: m e c â n i c a.

duas flores: a mão e a máquina.
uma na obra. outra na tarde.

4.

uma na obra.
outra na tarde.

uma na outra.
quando são duas
quanto são uma
a outra numa.

uma na outra.
quando são duas
uma esgrima
em teia de duas.
sua indústria.

mesma tarefa.
no barro uma.
no ferro outra.
dedos na cera.
garra mecânica.

quando é quanto
tempo no templo.
quanto é quando
força no século.

mãos na obra.
mão na tarde.
uma na outra.

DUAS PASSAGENS

o artesão com duas mãos.
o industrial com o trilhão.

duas passagens de ano
duas passagens de ouro:

uma do servo
outra do dono.

★

uma passagem de ano
(povo)
menos uma estiagem.

mas mil milênios:
uma passagem
ar no mar do Tempo:
árvore sem ramos.

uma ramagem:
outra cartilagem:
a do hidrogênio
e sua voragem
na bomba ao menos.

uma viagem de pomba/um cogumelo de sombra
(povo)
são duas passagens:
uma de cera. lenta.
outra de fera.
ágil.

A EMULSÃO

o tempo descerra a ação:
o hemo.
a emulsão não emoção
                    o treino.

tísico hemo. hemistíquio
: o feno do povo:
          não ação danação
          :o muo sereno.

físico sono.
exercício
do cio:
     :o senso.

o são da ação. e o povo
                    nisso?

t u d o   a z u l   m e t i l e n o
                    !

OS BENS

O BEM
SEM BENS
O OFÍCIO/ O BENEFÍCIO.

A IRA NOSSA: A INDÚSTRIA NISSO.

os tipos triplos
de ofício:
a indústria visgo/ vício
viço.

O VÍCIO: NOSSO VISGO DE ERA
SEM CERA NO TEMPO/EM TEMPO DE GOELA.

O BENEFÍCIO/O OFÍCIO DE BENS
do homem bem sem.

ENGRENAGEM

o óleo na engrenagem
(povo na miragem):

move,   move-se,   movimento:

move a máquina de cera
move-se a cera em movimento
move-se o fogo ao vento
movimento na tarde.

move o povo
no fogo:
o tempo de cera arde.

MAQUINAÇÕES

domado corpo
corpo amado
:a máquina.

o amor   o corpo   a máquina.

domado o amado amor
o corpo cede.
a má sina de amar
maquina.

o que maquina a máquina
?
o tempo
a cera
a pátina.

INDÚSTRIA RELOJOEIRA

o ponteiro/ o trêmulo no tempo
o pêndulo

de número a número
o minuto
o grânulo passageiro

o tempo no pulso
o impulso sem sede
do tempo na parede

na parede do tempo/o operário na rede
sem sede de impulso
: o peixe na rede
relógio de bolso
em tempo morto

7.a

O COMÉRCIO EXPEDIENTE

O TRÁFEGO DO MEMORANDO

1.

o memorando anda na memória branca.
o pedido/ a ordem/ a urgência na lembrança.

o memo/ a nota em forma
leva: a nova da falência
de porta em porta.

★

o chefe passa
a pressa prensa.

primeira sala:

um corredor de portas = saídas mortas
:a p **l** a c a.

★

o secreto horário dos olhos:
o secretário de molho.
a nota.

um pisco de pálpebra
um cálculo de álgebra
um fisco nas costas

:a s i n a .

um mil-milhão de mãos
no azul da tinta.

no quadro de não
que o memo pinta.

o gasto.
o furto.

★

o curso do lucro
viajor
n a s e g u n d a b o c a d o c o r r e d o r.

a porta e seu passe
: a pauta do impasse
no ritmo do arrimo.

o arrimo da despesa.
na mesa o cachimbo.

a unha no dedo:
o dedo em punho/ o carimbo.

O TRÁFEGO DO MEMORANDO

2.

o escritório da fábrica = o corredor da máquina = o tráfego da tática.

a segunda porta do corredor
:a cara do homem/suor.

a ordem
o corte na verba.
o traço negro na memória
:a lista de nomes.
a leva
na moratória.

a queda do produto bruto
o cifrão no alçapão
:a goela sem fruto
de vão em vão.

mas que importa? quem? que exporta?
:o corte
na mão de obra
à parte.

o corte da renda/ não.
aumento da produção então.
não de nada
corte no imposto
fraude de amor ao lucro.
o lucro e suas asas.

O TRÁFEGO DO MEMORANDO

3.

o que se passa
passa.
mil milhão de força
no tráfego da hora.

uma terceira boca

u m a   t e r c e i r a   p o r t a
por que o memo passa.
um veneno cifrado na memória
carimbado agora.

quem vê o visto
?
quem paga a perda
?
se o operário nisto
:olhe o olho na janela
da memória.

a memória da história
:a classe com o seu quisto
visto.

na janela
o   t e r c e i r o   c í r c u l o
da goela.

nada de bola de fogo no horizonte:
bomba.
nem cogumelo visto em remembrança:
sombra.

mas na sala do chefe
:outro monte.
outro teste.

outra pilha no porão
das entranhas
:o onde do onde.
o não do vão.

★

donde o estoque e sua
soma.
donde a soma e sua gazua.

donde o domínio de um xerife na almofada
o almoxarifado/ guarda.

donde passa o memo — passa a secretária
por onde
a sina dura
a assinatura
esconde.

★

o vírus   l e n t o / no mesmo memo
:veneno despachado
nos quintos

nos trancos
nos trincos

de cada porta e seus guardados.

O TRÁFEGO DO MEMORANDO

4.

o mesmo veneno do memo lento
  a quarta porta do medo.

a porta da ordem a terceiros
a porta/ seu ciclo inteiro.

:o ciclo do expediente
    o curso lento do memo
    o memo e seu veneno
sempre.

com a providência do preço
           a porta
na previdência do medo.

as providências ao sul
as previdências ao norte
a proveniência do centro
    : veneno lento.

o quarto círculo do inferno
    no mesmo memo/comércio.

O TRÁFEGO DO MEMORANDO

5.

as portas do arquivo/ o limbo e seu frio
as pastas na gaveta/ o timbre e sua letra

o frio das pastas
o trinco das portas
o limbo da gaveta
no timbre do arquivo

o lacre da gaveta/ o cálculo da receita

o memo no passivo
as pastas na despesa
a mão do prejuízo
no círculo da falência

pelas portas do arquivo:
: o limbo da gaveta
: o memo e sua reta
no círculo dos quintos
:

O TRÁFEGO DO MEMORANDO

5.

nos quintos do inferno/ a porta de ferro
a memória do inverno/ a água no aterro

a água da memória no inferno
a ordem do memo sem crédito

mas
o crédito contra a porta de ferro
zás
o débito já por conta do preço

um inferno na fábrica
sem crédito

um inverno na praça
com débito.
a porta da memória
aos trancos no trinco.
a água moratória
no flanco dos quintos.

CAMINHÃO DE TRANSPORTE: DUAS MÃOS

1

o motorista na paisagem
por empresa: uma viagem

a riqueza pela estrada
a pobreza pela várzea

o veículo de transporte
o suicídio pela morte

a pobreza por suicídio
a riqueza por veículo

o transporte sobre a várzea
com a morte por estrada

1.1

pela estrada com a morte
sobre a várzea o transporte

por veículo: a riqueza
por suicídio: a pobreza

pela morte: o suicídio
o transporte por veículo

pela várzea: a pobreza
pela estrada: a riqueza

a empresa na paisagem
o motorista por viagem

2.

sobre a carga: carroceria
a má paga mercadoria

o caminhão sob a carga
a direção contra a várzea

a riqueza pelo asfalto
a pobreza pelo charco

a estrada sob as rodas
a carcaça por capota

na direção da pobreza
um caminhão por empresa

2.2

por empresa: um caminhão
com a pobreza: um gavião

por capota: a carcaça
sob as rodas: a estrada

pelo charco a pobreza
pelo asfalto a riqueza

contra a várzea: a direção
sob a carga o caminhão

a má mercadoria paga
a carroceria sob a carga

3.

na contra-mão do consumo
o caminhão noutro rumo

o motorista na paisagem
por empresa uma viagem

pela margem uma parada
na parada uma cachaça

na cachaça o motorista
a viagem contra a pista

na pista de cada empresa
o veículo da riqueza

3.3

na pista de cada riqueza
cada veículo da empresa

noutra pista: a viagem
o motorista na paisagem

por vadiagem uma cachaça
pela margem uma parada

o motorista em reta reta
o fim da pista em sua meta

noutro rumo o caminhão
o consumo a contra-mão

4.

o caminhão com fatura
população sem fartura

sobre a carga carroceria
paga a má mercadoria

cada carga para entrega
cada paga para a perda

pela estrada cada rota
toda a quebra bancarrota

contra a quebra e sua crista
um caminhão pela pista

4.4

pela pista um quebra-quebra
uma crista em cada serra

a bancarrota em cada firma
uma rota em cada esquina

para a perda cada paga
para a entrega cada carga

a má mercadoria sobre a
carga carroceria podre

sem fartura/ população
com fatura/ o caminhão

5.

a riqueza pela estrada
a pobreza pela várzea

na contra-mão do consumo
o caminhão noutro rumo

sobre os pedágios da estrada
um adágio em cada chapa:

"mulher com homem: casada
com outro homem: chifrada"

contra o pedágio a gasolina
contra a chifrada: benzina

5.5

benzina contra a chifrada
gasolina na roupa amada

chifrada a testa do homem
casada com macho sem fome

em cada chapa um adágio
em cada estrada o pedágio

um consumo/ o caminhão
outro rumo à contra-mão

pela várzea a pobreza
pela estrada uma empresa

6.

o caminhão sob a carga
o gavião pela várzea

o caminhão com fatura
população sem fartura

a fatura do transporte: riqueza
a fartura da morte: pobreza

contra o consumo de posto em posto
o povo sem rumo de osso em osso

com o veículo suicida sobre a pista
a pobreza da morte motorista

7.b

NA INDÚSTRIA DE TODA GENTE

MENSAGEM PUBLICITÁRIA

a mensagem no cão da insônia
a linguagem do não memória

na insônia/ a memória da mensagem
na memória/ a insônia da linguagem

a linguagem da insônia
:sobre o muro, pelo ar
a peçonha

s u b l i m i n a r .

a mensagem da memória
:o anúncio tempo mudo
na história

do consumo: lento fruto.

o cão publicidade e sua peçonha.
o não curiosidade e sua história

a peçonha do cão subliminar
a história do não no muro-e-ar

no muro da insônia: a peçonha.
no consumo do anúncio
:a sanha sonha.

MENSAGEM PUBLICITÁRIA

a gente na almofada/ a mensagem e sua fada
a gente na rua estrada/ a mensagem e sua placa
a gente no cine sala/ a mensagem e sua fala

a fala da gente na almofada
a placa da gente na ruestrada
a fada da gente no cinessala

cinefada
ruessala
almoestrada

se o cinefada/ a ruessala
se a ruessala/ a almoestrada

entre a placa e a fala
da gente/
a mensagem e sua carga
nessa gente portamala

VEÍCULOS DE MASSA

rádio

1.

o musgo da música/ o som ruído
o trídulo na rua/ o tom mugido

o tom da rua no ouvido
o som da música no tímpano

o ruído do músico
o mugido do trídulo

2.

o sono da música/ o mugido da febre
o zonzo na rua/ o ruído da plebe

a febre do zonzo no sono
a plebe no sono do zonzo

o mugido da rua no ouvinte
o ruído da música no timbre

3.

o ópio da música/ o mugido no lábio
o ódio da rua/ o ruído no rádio

o lábio do ódio na rua
o rádio do ópio na música

o ruído do ódio na praça
o mugido do ópio na massa

VEÍCULOS DE MASSA

tv

o vidro transparência/ o olho cego consciência
a consciência no vídeo/ a transparência do vidro
o povo cego da praça/ o olho negro da massa
a praça de olho cego/ a massa de olho negro

o vidro transparência
o cego consciência
a massa diante do vídeo
a massa = olho de vidro

a praça de olho negro
o povo = olho morcego

sem ver o povo com a venda
a câmara negra = sua tenda

sem ver / a venda no olho do povo
te vê / a câmara negra do sono

VEÍCULOS DE MASSA

cinema/seriema

o canto da sirena
cinema / seriema

uma pena de cisne
o álibi do crime
um homem na cela
o filme na tela

|||

a cena acena com o frêmito
a fita aflita o seu trêmulo

um trêmulo de geleia
no frêmito da plateia

|||

da indústria do cine emana o fluxo
com a astúcia do filme/ a força do afluxo

o afluxo da massa ao cine/ a indústria do cisne
o cisne de luxo/a massa na astúcia do crime

crime contra a massa/ mas a massa com o filme
a massa contra o crime/ mas o filme com a massa

N O   C I N E

|||

na voluta do cisne
o crime da trapaça
a volúpia da massa

|||

cinema / seriema
o canto da sereia
para a trapaça e sua garça

CORREIOS E TELÉGRAFOS

o pombo da emissão/ o selo expedição
o chumbo sobrecarga/ o peso sobrecarta
a caixa depositária/ a carta destinatária

a expedição depositária
a destinatária emissão
a sobrecarga do chumbo
a sobrecarta do pombo

a emissão do selo/ um pombo pluma na mão
a expedição do peso/ um chumbo tumba no chão

o selo pluma/ carta no avião
o peso chumbo/ caixa solidão

se a carta aérea plana
:etérea a carta telegrama

se há chumbo no selo pluma
:o telegrama do pombo tomba

assim o pombo e sua missão:

o frete féretro do não
ao destinatário aflição

TÍTULOS E APELOS NUMA REVISTA

a miss na capa da revista
o giz na cara trapezista

a coroa da rainha Inglaterra
a camorra no mistério da guerra

a favela na subida do morro
a caterva na batida do ouro

o astro na entrevista cinema
o rapto chantagista na cela

a fala do ministro no governo
a bala do suicida e seu veneno

o assalto da quadrilha no túnel
o contrato da corista no filme

a amizade na liga das senhoras
a chantagem na pista do calhorda

ETÍLICO

o vidro III o etílico
o filtro/ o líquido

pelo vão das mãos: o tato
pelo vão dos poros: o álcool

pelos poros do dedo/o medo
pela mão nos copos/ os corpos

o medo no dedo
o álcool dos poros
o tato da mão
os corpos em vão

o etílico = o álcool dos poros III o filtro
o líquido = o álcool dos copos III o vidro

o dedo nos poros
mão em vão a
baixa pressão
nos corpos

o vidro = o etílico
o líquido: o filtro

pelo tato do medo
o i n i m i g o +++

NA IDADE DA ELEGÂNCIA

nos olhos
:um traço carvão
nos lábios
:um lastro de não
nas unhas
:um risco tesoura
na testa
:um siso senhora.

★

os cabelos com creme de aura
s espelhos do crime na sala

o costume com punhos lavanda
o perfume de frutos varanda

a madame de luas desgosto
o enxame de rugas no rosto

nos punhos/ o desgosto e seu corte.
um só sono no rosto da morte.

8.

A INDÚSTRIA EM TEMPO DE GUERRA O POVO EM TEMPO DE GOELA

(POVO)

entre parênteses
o ópio entre os dentes.

primeiro embate pára o fuso.
junto juntas moldam molas.

o embate:

empate capital no uso.

primeiro entrave entre mola e parafuso:

(povo)
acerta aqui
acerta   ali
aqui e ali
a seta.

segundo encaixe corre o anel.
dupla dobra torce cordas.

o encaixe:

encaixe capital capitel.

segundo encaixe entre corda e carretel:

(povo)
a seta aqui
a seta ali
a guerra.

SUCATA

estamos à cata
você leitor
a massa.

sus cata comboio combustão
um tostão não mais se cata:

(povo)
suborno
em torno
a cata da sulfa na lata
um milhão ou mais se lacra.

a massa
(você)
a farsa
no morno do bolso/sucata.

CIVIL AÇÃO

a goela do (povo)
a grita do dono

civil ação em tempo de cera
civilização em tempo de guerra

a cera (povo) / a guerra do dono

o ovo e o pomo

o pomo diz córdia/ o ovo diz corda
o ovo na cara do amo/ o pomona cara do (povo)

a guerra sem dono
a cera com sono.

)POVO(

sai dos parênteses
com o ódio entre os dentes

entra no ódio, a corda corta o górdio
entra na sanha, a goela cospe a sombra

ódio/o só
sanha/o nó

corta o górdio/entra no ódio
cospe a sombra/entra na sanha

a corda entra no ódio e corta o górdio
a goela entra na sanha e cospe a sombra

ódio/o pomo
goela/o amo

entre o ódio e a goela a sanha acorda
a goela entra na sanha e cospe a sombra

diz corda
o dono na guerra.
discórdia
:o pomo na goela.

se diz corda/ se discórdia
então e anão/o só e o nó/ erra ou terra

:a sanha corta o górdio.
:a sombra cospe o ódio.

9.

A INDÚSTRIA/ A FERA GUERRA FRIA
O POVO/ NA GOELA IDEOLOGIA

SITUAÇÃO

ah sim
assim assim
a população/ o medo

não reclama não clama mas comenta
o sítio sem ação
s i t u a ç ã o
a parlenda

o parlamento/ a emenda
mas o motim
mote menor
quase estopim

a língua no dente
a pimenta
por fora o mento
do povo
a lenta parlação
por dentro

mas que sim ora que não o muito mito
da rebelião
estado de sítio

assim o golpe do sim

o motim entope o estopim

num país assim

O CADÊ NA CONJUNTURA DO PODER

1.

o poder/ a infra-estrutura econômica.
o cadê/ a intra-magrura crônica

sobre a infra-estrutura/ o discurso
sob a intra-magrura/ o consumo.

o discurso da conjuntura
o consumo da co-agrura

com o consumo infra/o povo na rua
com o discurso intra/o dono na lua

cadê o povo
?
poder?o dono.

o dono com classe no discurso econômico.
o povo sem classe no consumo crônico.

a classe econômica
contra a classe crônica
na crônica do povo
sem dono.

2.

entre o intra e o infra:
o discurso do poder
o consumo do cadê.

cadê o bem, o dólar, a libra
?
na infra-estrutura do discurso/o dólar
na intra-magrura do consumo/ a bola

a bola da vida
o dólar da briga
entre o intra e o infra.

★

entre o dólar e a libra
o dinheiro do poder
o cruzeiro do cadê.

cadê o bem, a classe, a briga
?
na infra-magrura do empregado/o custo.
na intra-estrutura do empresário/ o surto.

o custo da vida
o surto da libra
entre o infra e o intra.

★

um sem bem
um bem sem.

3.

entre o intra-povo:
o infra-dono.

contra o discurso conjuntura:
o consumo apertura.

mais o dono com seu dia
menos o povo ideologia

★

o povo sem gordura:
o dono pela rua
com poder
sem cadê.

mas por que
?
o povo
no olho
da rua
de olho
na lua
?
no intra do povo agrura
o infra do dono estrutura.

A FARMÁCIA DA MASSA NA FALÁCIA DA PRAÇA

?
que remédio para a média
da classe

?
que classe média para o tédio
da face

?
o tédio sem remédio
para a falácia da massa

?
que fórmula da classe sem face
que mácula do disfarce sem base

?
essa classe
sem bulha sem bula
com a massa
no bolso

?
que classe que povo
face a face

f a z a b a s e
do resgate no embate
???

IDEOLOGIA: A TIA IDIOTA DO POVO SEM CLASSE

:da classe que o povo adia
sem face.

mas se o povo espia
a face
do povo
no espelho da classe

colombo põe o ovo

:IDEOLOGIA NASCE.

oiramuS

(o Sumário, às avessas, dá em oração/ o seu contrário)

o povo/ na goela da ideologia
o povo em tempo de goela

a indústria/ a fera guerra fria
a indústria em tempo de guerra

a indústria de toda a gente
a fera do tempo empresa

o comércio expediente
na era do tempo-cera

a indústria artenofato
o operário na estufa

a empresa artesanato
o dono/ amo na indústria

o comércio e sua astúcia
a indústria e seu vetor

a indústria e seu comércio
a empresa por setor

a empresa por palavra
na angústia e sua tática

ofertório

oiramuS
se veículo de massa
este livro/ sua cachaça:

leia agora bem depressa
este livro
às avessas.

★

às avessas bem depressa:
Sumário versus oiramuS
neste livro e seus reclamos.

CONQUISTA DE TERRENO

INVENTÁRIO
1.

na superfície da água o frio do aço:

- podes conter a chispa e a partícula,
a ponta da agulha no auge da fúria.

na lâmina da planície um rio sem barro:

- fazes crescer o quisto e o ridículo,
o lenço e o pranto do teu medo público.

na superfície da lâmina a lama e o musgo:

- dizes quebrar a crista e a onda,
a mágoa e o lamento de tua redoma.

dizes:
o frio do aço.
fazes:
um rio sem barro.
podes:
a lama e o musgo.

neste pleno compasso
desta retórica plana
o que podes
o que dizes
o que fazes
é o doce simulacro
de tua culpa plena:

a água não lava a nódoa,
a água não é pedra pérola,
outro prata, ametista.

a água escorre cômoda,
a água nem leva a mácula
de tua joia conformista.

2.

pelos canais de rede o verde cloro:

- tentas fingir a fuga e o refúgio,
o ópio e o apoio do teu ódio miúdo.

pelos ramais da sede o fino filtro:

- pensas pagar a quota e a alíquota,
o saldo e o preço de tua negra dívida.

para os caudais da fonte a frágil tela:

- sentes passar o cisco e o líquido,
a bile e o mimo do teu protesto tímido.

sentes:
o verde cloro.
pensas:
o fino filtro.
tentas:
a frágil tela.

neste vago suspiro
desta poética rara
o que pensas
o que sentes
o que tentas
é o parco delírio
de tua fúria parca.

a água que te consola
não basta para o débito
nem o crédito de tua hora cúmplice.

a água que te conforma
não chega para o cálice
nem vale para o vale
de tua mágoa súplice.

3.

na súplica do teu ludíbrio,
esta represa represa
a água de um seco rio.

Rio seco ou vão suicídio
o que mais te ocorre é isso:
sem conquista nem terreno
sem boca nem mais apelo
sem palco de tanta cena,
a água que tanto secas
é a água que mais represas
no rio de tua consciência.

CONQUISTA

sobre a planta do terreno,
no terreno sem sementes,
a pedra e o pedregulho.
a curva sem susto do custo
    aumenta a área
do teu haver e luxo.

- começas o teu sonho no começo desta oferta;
na busca dos teus dotes; na álgida fria perícia
da posse.

com a medida da divisa,
na divisa sem fronteira,
o metro e o perímetro.
o preço sem perda no bolso
    não paga a renda
do teu haver e ouro.

- acusas os teus bens no começo deste apego;
na venda dos teus nervos; no cálido fio torcido
do medo.

pelo aterro do barranco,
no barranco sem deslize,
a queda e o quadrúpede.
o tombo sem baque do golpe
    não cobra a letra
    do teu haver e lote.

- engrenas o teu elo no começo da engrenagem;
nos laços de tua cadeia; no lânguido grito cativo
da hiena.

contra a venda do terreno,
o terreno com seu grilo,
o mato e o montículo.
o coice escuro da foice
    corta a luz
  do teu haver: é noite.

- declinas o teu auge no começo do declínio;
na crença do teu pecúlio; no baque de tanta morte
ao som de surdo sino.

RENDA

um sal de arsênico na bile do meu fígado.
um balanço na vida do teu lucro.
um gato arisco às custas do meu custo
relança o meu relance no curso do teu ouro;

- os cacos. os níqueis. a quirela.
o mapa destas rugas neste rosto.
o miúdo dos teus furtos. a mazela.
o cálculo no rim. o osso no poço.
os vãos tostões. o saldo. esta moeda
no bojo deste cofre do meu bolso.

uma gota de veneno no líquido de tua coluna.
esta mistura no vaso de vossa química.
um salto lépido na soma de minha súmula
refaz o nosso gasto no resto de tua dívida.

- os meus tostões no pé de vossa meia.
o acúmulo dos minutos. tua vertigem.
as águas deste rio no canto da sereia.
as sobras. o resíduo. esta voragem.
as vãs migalhas. o pó desta algibeira
no leito deste rio sem passagem.

ASSISTÊNCIA

o farelo do teu cérebro no massacre do pilão,
na moenda desta lenda, no cadastro dos teus dias
entre as fichas deste arquivo:
paixão do não.

a miragem sem mais nada do trabalho: o espantalho
no emprego deste mito, no registro dos teus dias
entre as cartas do baralho
de teu jogo já marcado.

o remédio dos teus nervos no retiro desta clínica,
no achego deste cerco, no estrato dos teus dias
entre as pílulas do medo
no asilo desta ilha.

a coragem animal do teu fracasso: o mau tributo
no convênio deste furto, no desfecho dos teus dias
entre as folhas de serviço
de teu mudo tempo nulo.

a nula rota da carreira em seu trajeto: a sobrecarga
no reflexo da queda, no esqueleto dos teus dias
entre os ossos deste ofício:
cabra cega.

em nome do benefício deste prêmio da assistência,
o balanço sem receita pelo avesso dos teus dias

conta mais a tua ausência,
a tua ausente presença
sobre o frio curso vivo
de teu vivo morto rio.

SUBMISSÃO

1.
no topo desta escada
tem um chefe
que te olha.
na curva desta estrada
tem um dono
que me manda.

2.
mais desço quando subo,
a cada passo,
se me movo
para cima e para baixo.
mais volto quando ando,
a cada passo,
para frente e para os lados,
na curva desta estrada,
se me curvo
sem mais nada.

3.
no caminho em que caminho
cruzo os braços
a cada passo
e, mudo, avanço
no caminho sem recuo
que me leva
nesta escada,
nesta estrada
a cada curva que me curva
tão curvada.

4.
a cada passo,
mais tropeço
se começo
nesta dança
sob o peso
desta canga
que já levo
sobre os ombros;
sobre os ombros
já tão curvos
já tão duros
no silêncio em que me escondo.

5.
a cada passo, em cada curva
só te vejo tão curvado,
que dependo
da procura procurada
na ida desta volta,
nesta rota que me enrola
nesta terra, neste piso,
neste sítio,
neste estado de capacho
que me prende
pela frente, pelas costas,
já por dentro e já por fora,
lado a lado
no macio do teu corpo,
no consolo de meu pasto.

DEPENDÊNCIA

para ter meus chinelos, meu vestido, meu perfume, meu casaco
dependo de meu crédito, de minha ficha no fichário.

para ter meu emprego, meu salário, minhas férias, meu abono
dependo de meu horário, de meu terno, de minha gravata
e do ponto de meu ônibus.

para ter minha morada, minha casa, minha cama e meu quarto
dependo de minha firma no cartório e de meu contrato.

para ter meu automóvel, minha tevê, meu sofá, minha poltrona
dependo de meu débito, do saldo de minha poupança.

para ter minha comida, o meu prato, a minha louça, a água
de meu copo
dependo de minha renda, do depósito de meu imposto.

para ter minha cadeira, minha panela, meu pijama, meu capacho
dependo de meu empréstimo, do registro do meu nome no cadastro.

para ter meu espelho, meu batom, minha tesoura, minha peruca
dependo de minha moda, de meu receio, de minha censura.

para ter o meu passeio, a minha viagem, o meu domingo
na avenida
dependo de minha carteira, de minha bagagem, de minha licença
na curva de cada esquina.

para ter minha escola, o meu livro, o meu lápis, a minha vaga
dependo do desconto do meu juro, do preço de minha taxa.

para ter minha escolha, minha vontade, minha raiva, meu consolo
dependo de meu costume, de minha lei, de meu remorso.

para ter minha palavra, meu discurso, meu juízo, meu governo
dependo do estado de meu regime, da omissão do meu desejo.

para ter meus amigos, minha paixão, minha mulher, meu sexo,
a minha festa
dependo de meu tabu, de minha recusa no disfarce de minha
entrega.

para ter minhas ideias, meu direito, a força de minha luta
dependo de minha fraqueza, de minha fuga, do teu mando
que me anula.

dependo do fichário
do ponto de meu ônibus
do contrato.

dependo da poupança
do meu imposto
de minha taxa
do nome no cadastro.

dependo de cada esquina
do meu remorso
de cada ficha
deste decreto
de minha censura
do teu vulto
que se avulta.

DE PAI PARA FILHO

Louçada, pai, o latifundiário, dizia para Louçada, filho, o parasitário: - *Não que o Espírito do teu Pai seja melhor que o Filho, o outro, chamado espírito de porco. De pai para filho, tudo é uma questão de carne e osso. És, enfim, o estofo feito na estufa que finges dar vida ao tufo e ao mofo. Digo-te, no entanto, sem mais encanto: o nosso fado, por dados e lousas de família, unida na divisão da posse deste condado, tem como lema de vida e morte não se achar perdido entre os achados. Por isso, acho, nesta iminência de túmulo e sombra, que devo dar-te a palavra de herança e honra.*

Sem um vagido, Louçada, o filho parasitário, ouvia o pai em vago suspiro latifundiário: - *Neste tempo de ameaças a brasões e roças, farás figura de entreato, munido de fé e espora, sob as ondas e negaças dos teus próprios simulacros. Assim posto, isto posto sem desgosto, eis o exemplo de teus atos:*

- se chupares as amoras alheias, o sumo, o suco, os bagos na fonte das ideias, fingirás, sem demora e sobressalto, cultivar tuas tontas cegas abelhas em tua própria colmeia;
- se mostrares feição de tolerância pelo direito e avesso do homem no medo dos fracos em sua miséria, amarás, nos desvãos
de tua consciência, de tua classe frouxa e por baixo das ceroulas, a tua própria diarreia;
- se insinuares chispa de brio em teus pruridos de falso íntegro, engolirás, porém, no momento esquivo de teu ser *postiço, sob a face do disfarce, a pílula do pulha e do covarde.*

Dizendo isso sem tom fatídico, Louçada, pai, já funerário, sentenciava, quase-cochicho, ao pé-do-ouvido depositário:

> - *a benção* que te lego,
> *nesta hora de glória,*
> *fazendas pastos e joias,*
> *faço, refaço e faço,*
> *em nome de meu condado,*
> *por onde desço e cago*
> *no topo de tua cabeça*
> *sob as auras da promessa.*

Dizendo isso sem malefício, fechava o ciclo, pois com tal pomposa morte, Louçada, pai, com arte, selou a vida de Louçada, filho, no ouro da herança marcada:

sem o ramo,
sem o galho,
sem a vértebra
sem a árvore
de sua raça deserta.
Marcou-se assim
na lousa dada,
sob a laje
do pai lousada,
o estigma do estilo
de Louçada, o filho
por obra e graça
sem mais resposta:

alourada bosta
    posta
na mesa do nada.

HERANÇA

Todas as moedas no bolso.
Todas as moelas no esôfago.
Um baque. Um som. Um veludo
moroso
        no gesto deste homem
com todas as moedas no bolso.

Toda moeda tem seu drama,
        ganha na hora da morte
        na hora do morto
        entre papéis e flores
                        de mofo.

Toda moeda tem sua trama:
            quem a ganha
          encarna o morto
        carrega o seu regime
        a propriedade do osso
no fogo fosco de um crime.

Não um crime de matança
        mas um liame de herança
          um liame que liga
a ausência do rosto do morto
na presença da moeda no bolso.

Um liame da aurora sem rosto
com o rosto morto do sol posto.

PLANOPLENÁRIO

TODO LIVRO
É UMA SITUAÇÃO
IMAGINÁRIA.
O PLANO
DESTE PLENÁRIO
SE SITUA
EM QUALQUER LUGAR
DA REALIDADE
ONDE ISTO SEJA
POSSÍVEL.

OS PODERES

PALÁCIO DAS ORDENS

INVESTIDURA

NO ATO DA SAGRAÇÃO
DESTE VOSSO HERESIARCA
EIS O NÃO DESTA ELEIÇÃO
NO BRILHO DE VOSSA ESPADA.

EIS OS MONGES DE ANTE-SALA
NA POMPA DA CERIMÔNIA
NO ÁTRIO DESTA CAPELA.
EIS O INÍCIO DO CORTEJO
NA POSSE DESTE TETRARCA
NA SAGRAÇÃO DE TEU REINO.

EIS O SÉQUITO. O PÁLIO. O TAMBOR. O ESTANDARTE.
A PASSARELA DE OURO. A PORTA DE VOSSA NAVE.

O VULTO DO PATRIARCA
NOS DEGRAUS DE NOSSA ESCADA.
NO PORTAL DE VOSSA GLÓRIA
EIS O DUPLO DE TEU SÓSIA.

— este cortejo.
a cerimônia
da pompa.
o naso o olho
esbugalhado.
a câmara
o recinto
esta mesa
o assento
flor de zinco.
a coluna
este teto
o tétano
este leque
da senhora
desta honra.
o falante
o alto piso
a escada
o pisante
o ouro o riso
do infante.
este lustre
a fanfarra
lantejoula
no mastro.
o lago o cuspe
do esguicho
no pátio.
a pilastra
a canastra
o rei de copas
a espada
a fala rouca
deste guarda
guarda-costas.

a entrada
desta ala.
este cordão
de isolamento.
esta azáfama
a confusão
de nosso não
por dentro

este cortejo.
o teu desejo.
a cerimônia
da pompa
na seda
de tua fala
na sombra
de nossa casa.

O INCENSO DO TEU DESEJO
NO JÚBILO DESTE CENÁRIO.
O PASSO DO COMPASSO DESTE SÉQUITO
NA PORTA DO PORTAL DE VOSSO PRÉSTITO.
EIS A AUSÊNCIA DO TEU VOTO
NA SEQUÊNCIA DESTE ATO.

— este júbilo.
o artifício
o laço da fita
a salva de prata
na estufa
desta figa.
o ouropel
a madrepérola
neste broche
desta dama.
esta pétala
seca flor
na lapela
do conviva.
o fantasma
desta asma
tão cativa.
esta vela
o baixo tom
deste sopro
a cera lenta
o fogo fosco
a água benta
desta igreja
desta seita
gente outra
toda presa
pelas ventas.
o secreta
desta nave
da sagração.
a espreita
o fino faro
o silêncio
o cilício
o fundo raso
de nosso não.

a soberba
este luxo
a medalha
neste busto.
a comenda
a mortalha
desta mesa.
o ofertório
desta festa.
o cibório
a boa estrela
dos eleitos
sem naufrágios
do sufrágio.

os vossos pares
nesta nave.
os teus entraves.

NA BOCA DO CORREDOR SOB A ABÓBODA DA NAVE
O CORTEJO ENTRE AS COLUNAS
UMA A UMA
DE SEUS PARES:

o arauto
o epígono
o diácono
o clérigo
o cordato
o amigo
o sensato
o sabujo
o distinto
o caduco
o devoto
o perdido
o cafuso
o visconde
o espectro
o prelado
o enrustido
o penetra
o pároco
o secreta
o micróbio
o iníquo
o inócuo

o rábula
o sátrapa
o escriba
o preposto
o suposto
o delator
o servente
o conviva
o demente
o parceiro
o porteiro
o benévolo
o supérfluo
o emérito
o decrépito
o melífluo
o confuso
o jurado
o confesso
o curador
o acólito
o arcanjo
o insólito

À FRENTE DESTE CORTEJO
NO MEIO DESTAS COLUNAS
A FRONTE DO HERESIARCA
NO BRILHO DE VOSSO ESPELHO
NO ESPELHO DE TUA RETINA
NO TRÊMULO DE VOSSA PÁLPEBRA
NA GIRÂNDOLA DA GLÓRIA
PARA A GLÓRIA
DO TEU SÓSIA.

— a farândola na varanda.
o esplendor da sacada.
o cupim no vão da escada.
os artelhos da madame.
este transe de encomenda
no trêmulo de tua pálpebra.
o pó de arroz. a lavanda.
as beatas mãos do aceno.
o pince-nez do medíocre.
o potentado. o diplomata.
a embaixada deste vesgo.
o anfitrião da emboscada
com os acólitos do reino.
o mel do cumprimento.
o balofo. O bolo fofo.
esta águia de azulejo.
o suspiro sob o lenço
sob a palma do bocejo.
os solenes aposentos
desta casa neste reino.
o sarampo verde pardo
nas venosas mãos do velho.
o teu nosso mal do sono
no teu nosso áureo do berço.
as girândolas do paço.
as amêndoas na bandeja
o licor no lábio morno
o borrifo da oferenda.
esta prata neste ouro
na supérflua mão de seda
dos barões e baronesas
comensais da vossa mesa.
o teu nosso mais de menos
nesta casta e seu governo.

os alvitres do arrebique
as lantejoulas na pele
a corbeille de camélias
a retórica do meu chiste
este manto do bisonte
nas poltronas desta sede
neste reino de ante-ontem.

AO FIM DESTE CORTEJO
SOB A ABÓBADA DO TEMPLO
EIS O VOSSO HERESIARCA
ENTRE AS PRATAS DAS BAIXELAS
ENTRE O OURO DESTAS JARRAS.
EIS A SOMBRA DO TEU VULTO
CONTRA A LUZ DE NOSSAS VELAS.
NOS FANTASMAS DESTAS TELAS
NESTA LUZ DE LUSCO-FUSCO
NAS LESMAS DE VOSSOS GESTOS.
EIS O ROSTO DE TEU ESPECTRO
NO SÓSIA DE VOSSO DUPLO.

AO FIM DESTE CORTEJO
ÀS VÉSPERAS DO JURAMENTO
NO ESPELHO DE VOSSA CASTA
EIS O VOSSO HERESIARCA.

— a lesma na baixela.
o mole da lagosta.
o núcleo do molusco
nesta nave luscofusco
neste pútrido de lagoa.
tua morta seca folha.
a languidez deste olho
o enfaro deste rosto
fero flácido guloso
deste oco ócio ácido
das estampas desta casta
nas paredes do castelo.
este hipódromo de patas.
esta chama. os castiçais
o claro escuro do nicho.
o rigor deste vestido.
o presépio de animais.
este focinho sem bicho
dos convivas em silêncio
dos barões e seus suspiros
no plenário deste menos.
neste plenário de ventos
a nobreza o principado
a ferrugem e seu veneno
na carcaça desta casta
neste feudo e seu ducado
deste trono e seu trinado.
nesta nave luscofusco
a grade do teu cárcere
o muro deste túmulo
o caixão sem sua haste
o sopro deste fôlego
no vácuo de meu poço
pelo torto podre rosto
pelas ventas deste naso
pelos poros desta carne
pelo fero bico frouxo
deste nobre frio corvo
com suas garras de alicate.

NA HORA DO JURAMENTO
NA POSSE DE VOSSO REINO.

SOBRE A CASTA
SOBRE A BÍBLIA
A PALMA DA MÃO
ERGUIDA.

SOB A CASTA
SOB A TÚNICA
A AURÉOLA DA AURA
ÚNICA.

SOBRE A HORA
SOB A PÚRPURA
A GLÓRIA DA INVESTIDURA.

SOB A BÊNÇÃO
SOBRE O ALTAR
SOB A PONTA DESTA ESPADA
NO OMBRO DO HERESIARCA
O PODER DE TUA TOGA
O OURO DE SUA FORÇA
NO ESPLENDOR DESTA TIARA.

— *os papagaios mudos e seus ventríloquos.*
o cicio ciciado dos cochichos.
os candelabros rubros e seus crisântemos.
os rastros rastreados dos meandros.
a plumagem das araras nos gorgeios.
o ruído. a ruína. o som convexo dos bueiros.
este galo. esta galinha em sua rinha.
a púrpura deste vácuo. o cisco desta crista.
as aves. o avestruz. o olho deste pântano.
a graxa desta azia na boca deste estômago.
o pórtico do templo e seus oráculos.
o cacho da mão em concha no conchavo.
o espantado da coruja e seus murmúrios.
a febre desta lebre na pele deste urso.
o círculo do urubu e seus desígnios.
o títere do teu tigre neste circo.
a tiara deste papa e sua encíclica.
o sangue do teu drácula nesta cripta.
o sono da consciência e sua esfinge.
o tombo do teu corpo neste esquife.
o curso. o leito deste lúgubre fantasma
no pútrido brejo do teu lânguido miasma.
este sândalo da fala. a pátina deste musgo.
a faísca do meu grito neste curto-circuito.
os gaviões desta gávea. o esgar deste arreganho.
esta várzea de espiões na espia do rebanho.
este gânglio no pescoço desta águia e seu ataque.
o frêmito do alvoroço no vilão de negro fraque.
este espasmo do abate. vosso pombo sem recado.
o marasmo desta peste. a degola do teu gado.
a arca do patriarca e seu forro de pétalas.
o arco de tua taba. este veneno de flechas.

os cornos. as cifras. o chifre. a baba do demônio
no avesso destes gestos na geléia de teus donos.
esta aura sem aurora. esta cena de velório.
esta goma deste ventre deste ovo sem ovário.
este relho na orelha. esta régua sem medida.
este tiro contra o espelho desta face dividida.
o agouro deste voo da semente sem seu pólen.
o aboio deste touro. este coro do teu réquiem.
a pá deste coveiro. este bando de sequazes.
o roxo deste luto neste féretro de lilazes.
o silvo desta selva. este ninho de serpentes.
o laço desta cobra neste nó de tua garganta.
este músculo. o risco no pulso e sua lâmina.
esta coroa de costa do crocodilo e sua lágrima.
o lagarto deste lago. o limo deste copo.
este liame de ramos. os germes deste foco.
este enxame de moscas. as vespas do sossego
a esmola no teu prato. este fruto seco pêssego.
esta batida na porta. esta sola no martelo.
a língua desta cobra. na tua mão este prego.
o zumbido. a lixa no zinco desta cigarra.
a cera no teu ouvido. a cinza desta seara.
esta cabana do tédio. o ébano desta graúna.
este concerto de traça na devassa da saúva.
este meneio de onça. o vírus deste súcubo.
esta dança de íncubo. vossa esperança em decúbito.
este risco de megera nos ossos desta caveira.
a força de mil cavalos nas grades de tua cadeia.
a vereda desta estrada nos tropeços de teu passo.
o augúrio destas aves no agouro de meu pássaro.
sob o som do santuário neste ofício de missa plena
paira e plana no plenário a sombra de vossa hiena.

O EXERCÍCIO DO PODER / AS ATRIBUIÇÕES

1. o atributo pessoal

primeiro: estes passos pelos corredores.
o brunido dos sapatos / o lustre das medalhas.
depois: a cada passo o paço de esplendores.
o friso desta calça / o epíscopo das meias.
a cornucópia. as centopéias. o peixe das sereias
          no grampo da gravata
          no peito desta faixa.

primeiro: estes vistos pelos quatro cantos.
o alinhavo do fraque / as telas da galeria.
depois: a cada giro o siso do comando.
a cava do colete / o assético das luvas.
os caracóis. as ôndulas. os arabescos desta urna
          no sim da hierarquia
          na cássia da camisa.

primeiro: este enlevo pelo arco da coroa.
o cerzido da casaca / o espelho de narciso.
depois: a cada rumo o rumo deste barco e sua proa.
a tarja de veludo / a púrpura da toga.
as cariátides. o rocambole. as fiorituras da copa
          no outro de teu siso
          no sósia do exercício.

2. o atributo da nomeação

por direito: o nome a nomeada deste vosso demiurgo.
meu sobrolho de pavão / os passes do sortilégio.
pelo posto: a cada nome a gênese de cada bruxo.
a pandora deste mago / o aprendiz de meu feitiço
no sabujo. no sequaz. no acólito do ministro.
                    no guia do meu conselho
                    no chefe do meu mistério.

por direito: o não-eleito colégio de minha escolha.
meu antolho de gavião / os lances do sacramento.
pelo posto: a cada eleito o cúmplice de cada loja.
o lenço da cartola / meus fantoches de gabinete
no espia. no preposto. no pingente deste alvitre.
                    no meu mando de momento
                    neste frade sem convento.

por direito: o elenco de meus súditos por vossa primazia.
meu detrito de avestruz / o arbítrio de meu zelo.
pelo posto: a cada súdito o sigma da confraria.
o capuz do embuste / a tara de meus fetiches
no fiel. no prosélito. na súcia de meus convites.
                    no em riste de meu dedo
                    num despejo de decreto.

3. o atributo da delegação

por controle: o mando deste mandado vosso servo.
meu olhado de rapina / a custódia desta oferta.
por suposto: no vosso mando a dádiva de outro cetro:
o talião deste pároco / o meu sósia nesta mão de ferro.
vosso rebanho. o meu pasto no pasto do pastoreio
com o secreta na janela
no remédio da cautela.

por controle: o vento de vossas velas nosso comboio.
meu assalto de felino / a manobra deste barco.
por suposto: no vosso leme a flâmula de outro corso:
o brasão deste pirata / a marca de meu sósia no convés.
vossa fragata. o meu senhor na proa desta âncora de revés
com a lona deste fardo
no ombro de teu vassalo.

por controle: o tráfego do delegado na esfera de meu círculo.
meu binóculo de coruja / a cerimônia desta súplica.
por suposto: no vosso tráfego o bordado de outro risco:
a confissão deste cônego / a senha deste sósia do meu outro.
vosso comparsa. a chispa de meu olho neste ouro
com a gala desta túnica
por teu faro de denúncia.

4. o atributo do veto

por fiança: a polpa do alvéolo deste fruto. vosso tálamo.
a navalha do meu corte / o cabresto deste código.
sob vara: vosso tálamo. vosso claustro. nosso sésamo.
a carcaça desta casca / a recusa do meu sósia nesta máscara.
vosso consenso. o meu juízo na sentença desta causa.
    a planta do meu ópio
    na raiz de vosso óbito.

por fiança: o palco do espetáculo deste ato. vossa peça.
a ribalta do meu gesto / o colchete deste lábio.
sob vara: vossa peça. nossa farsa. a carapuça na cabeça.
o corcunda desta cena / o refúgio do meu sósia na capela.
vosso aplauso. o meu crivo na censura desta estrela.
    a mistura do cardápio
    nesta gula de vigário.

por fiança: o voto do cenáculo deste povo. vosso chefe.
o martelo do meu pulso / a mordaça neste grito.
sob vara: vosso chefe. vosso voto. vosso luto. vosso crepe.
o murmúrio desta sombra / o duplo do meu sósia neste escuro.
vosso aceno. o meu sino na postura deste busto.
    o mesmo do meu sósia em seu abrigo
    outro deste veto e seu castigo.

MENSAGENS AO CONSELHO

1. sobre o sacrifício

§

a cláusula desta clausura
do Primaz do heresiarca
dita e manda esta mensagem
sob a aura deste incenso
entre os muros do convento
em nome do nosso ofício
para o bem do sacrifício
sob a nossa Primazia
sem o enxofre de outro Guia.

à revelia do meu povo
sob o jugo deste trono:

— *contra o âmago de teu incêndio / as águas do meu bom senso.*
contra o herege de meu templo / o pó deste excremento.
pela sede no deserto / contra a fome do meu servo —

cedo e sirvo
no oráculo de meu agouro
a tábua de minha lei na pena de nosso ouro.

§ §

o parágrafo deste despacho
do Primaz do heresiarca
diz e fala essa mensagem
nesta cena do cenáculo
para o bem de nosso código
contra o mal do desperdício
para o sal do sacrifício
sob a nossa Primazia
pelo sol da confraria.

sob o jugo deste trono
à revelia do meu povo:

— o remanso de teu córrego no atropelo de meu pânico.
o curso desta vida sobre o rio / o custo de tua vida por um fio.
a ceifa neste campo de fartura / o aperto de teu cinto na cintura —

sinto e solto
no pórtico de meu anúncio
a tábua de minha lei na pena de nosso júbilo.

§ § §

o prólogo deste discurso
do Primaz do heresiarca
canta e exalta esta mensagem
na esfera desta sala
sob a sombra deste púlpito
sobre o ombro de meu súdito
contra a culpa do teu vício
para o bem do sacrifício
sob a nossa Primazia
contra os chifres da heresia.

à revelia do meu povo
sob o jugo deste trono:

— no íntimo da miséria deste espanto / a moeda para os juros do
meu câmbio.
a caça do meu gato nesta lebre / o ferro do meu sabre em tua pele.
o corte da despesa em teu recesso / o acréscimo nesta febre
do meu preço —

penso e peço
no tráfego do meu decreto
a tábua de minha lei na pena de nosso régulo.

§ § § §

o epílogo deste processo
do Primaz do heresiarca
lacra e fixa esta mensagem
sob a seda desta fórmula
sob o visgo desta gosma
para o bem do sacrifício
no teu voto deste ofício
sob a nossa Primazia
pela paz da cleresia.

sob o jugo deste trono
à revelia do meu povo:

— o pão na razão desta conquista / vossa boca neste prato de comida.
vosso cós no remendo desta trouxa / nosso nó na costura desta roupa.
vosso gasto na medida do calçado / nosso traço nesta trilha dosteuspassos —

trago e travo
na abóboda do meu templo
a tábua de minha lei na pena de nosso reino.

§ § § § §

na pena de nosso reino
traço e travo
sirvo e cedo
solto e sinto
penso e peço
o oco deste eco na boca do vosso estômago
o ouro deste milho no barro de nosso pântano
este almoço sem arroz para a vinda farta mesa
esta perda provisória para a glória da promessa
a costura deste lábio no amanhã de vosso grito
o sussurro do teu íntimo sob o não de nosso sino
este vulto da cegueira contra o surto da tracoma
este agora do teu susto no depois do teu hosana
o armado destas cinzas para o doce das colheitas
a algema no teu pulso para a vida sem suspeita
peço e penso
sinto e solto
cedo e sirvo
travo e traço
no plano deste plenário
nas aras do meu ofício
em nome do meu sufrágio
pelo nosso vosso reino
o bálsamo do sacrifício
no teu pleno céu terreno.

2. *sobre a vigilância*

§

o arauto destas alturas
do Primaz do heresiarca
dita e manda esta mensagem
sob o cimo desta cúpula
sob o sino deste sínodo
neste grau de nossa instância
para o bem da vigilância
sob a nossa Primazia
contra a vossa apostasia.

à revelia do teu foro
sob o veto do meu voto:

— *no punhal do teu carrasco / o punho da fiança do meu braço.*
contra o indício do teu gesto de suspeito /
o ferro do meu cabresto.
pelo susto deste coice de cavalo / as rédeas do sobressalto —

salto e sopro
no hálito do meu delírio
a tábua de minha lei na pena de teu castigo.

§ §

o epígono destas leituras
do Primaz do heresiarca
cita e explica esta mensagem
sob as harpas deste harpejo
sobre a túnica de teu joelho
contra o fel da tolerância
pelo mel da vigilância
sob a nossa Primazia
neste céu de guerra-fria.

sob o veto do meu voto
à revelia do teu foro:

— esta entrega do segredo pelas prendas do meu prêmio.
o binóculo do vigia na sacada /
a fuga do teu vulto pela escada.
a baba da delação de nossa língua /
a língua de teu bote nesta víbora —

vibro e verso
na ânfora do teu murmúrio
a tábua de minha lei na pena do teu perjúrio.

§ § §

o diácono destas consultas
do Primaz do heresiarca
lavra e grava esta mensagem
sob o cântico desta reza
sob os círios desta cera
contra os fluidos desta ânsia
pelos vãos da vigilância
sob a nossa Primazia
contra a vossa aleivosia.

à revelia do teu foro
sob o veto do meu voto:

— a sombra do teu perfil neste capuz /
pelo faro de meu cão neste nariz.
a negaça de tua farsa no conchavo /
a soberba desta águia no telhado.
contra o pulo sobre o muro no descarte /
a bala do meu tiro em vosso mártir —

marco e meço
no âmbito de tua desforra
a tábua de minha lei na pena de tua cólera.

§ § § §

o clérigo desta escritura
do Primaz do heresiarca
mede e lavra esta mensagem
sob a frase deste enredo
neste elo de novelo
pelo nó da discrepância
neste anzol da vigilância
sob a nossa Primazia
contra a vossa bruxaria.

sob o veto do meu voto
à revelia do teu foro:

— a noite no invólucro de tua máscara /
nosso dia na pista de tua caça.
o voo de tua asa na redoma deste vidro /
o alvo desta mira no acerto do meu
tino.
a fuga do teu trânsfuga por este esconderijo /
o farol do meu vigia ao pé de teu vestígio —

viso e vejo
no cerco do teu círculo
a tábua de minha lei na pena do teu suplício.

§ § § § §

na pena do teu suplício
viso e vejo
marco e meço
vibro e verso
salto e sopro
os ventos desta discórdia no calor de vossa crise
o fogo de nosso incenso contra a praga desta gripe
a algema deste louco contra o não de vossa ira
o leite desta virtude contra o vírus da mentira
o esgar deste facínora pela nossa beatitude
o pálio sobre o berço deste nosso céu de tule
o fio desta lâmina no tumor de vosso pus
o negro desta tela pelo branco do meu giz
o frio da masmorra contra o vosso pesadelo
o holofote deste muro no teu vulto sobre o gelo
sopro e salto
verso e vibro
meço e marco
vejo e viso
no plano deste plenário
no foro destas estâncias
em nome do meu sacrário
pela nossa vossa dádiva
a águia da vigilância
nesta plena cega raiva.

3. sobre a obediência

§

a cátedra deste ornamento
do Primaz do heresiarca
dita e lança esta mensagem
sob os caibros deste lustre
sob as contas deste ajuste
neste véu da intransigência
para o bem da obediência
sob a nossa Primazia
contra a noite deste dia.

a rebeldia do teu rosto
sob o cetro do meu trono:

— contra a crista do teu galo nesta aurora /
o aço dos meus dentes na lixa desta espora.
contra a festa dos teus gestos sem barreiras /
a ética dos meus vetos nesta igreja.
contra o vezo de teus ares neste arroubo /
o peso de meus pares neste arrocho —

rogo e rejo
na crença de minha fidúcia
a tábua de minha lei na pena de tua astúcia.

§ §

o púlpito no paramento
do Primaz do heresiarca
vota e reza esta mensagem
sob as chamas desta vela
sobre a toalha desta mesa
neste sestro de opulência
para os céus da obediência
sob a nossa Primazia
contra o quisto da ironia.

sob o cetro do meu trono
a rebeldia do teu rosto:

— a altivez de tua fronte em vosso riso /
a embriaguez de minha força em nosso grito.
a nudez do meu silêncio em vossa afronta /
a mudez de meu consenso em nossa sombra.
os ardis de teu desejo em vossa trama /
a cerviz de tua cabeça em nossa canga —

canto e conto
no coro de minhas sereias
a tábua de minha lei na pena de tua desfeita.

§ § §

o dédalo no parlamento
do Primaz do heresiarca
cifra e solta esta mensagem
sob a bulha desta vozes sob
a névoa destas gazes
neste jogo de paciência
para o sim da obediência
sob a nossa Primazia
contra os saltos da perfídia.

a rebeldia do teu rosto
sob o cetro do meu trono:

— o desvio de tua negaça pelo vão do labirinto /
o macio de minha mordaça na boca do teu arbítrio.
a senha deste papel pela fenda desta porta /
o olho de minha espreita no giro de tua volta.
o menino de teu trejeito no duplo de nosso espelho /
o milho de meu celeiro na dobra de vosso joelho —

juro e giro
na ponta do meu estrado
a tábua de minha lei na pena de teu culpado.

§ § § §

o sátrapa no pavimento
do Primaz do heresiarca
silva e sela esta mensagem
sob as traças destas traves
sob a aranha destas naves
neste pó da petulância
para o nó da obediência
sob a nossa Primazia
contra o olho desta mira.

sob o cetro do meu trono
a rebeldia do teu rosto:

— o veludo destas luvas no teu passo de surdina /
o agudo de meu uivo na curva de vossa esquina.
a cautela de tua burla à regra de nosso código /
a chancela de minha busca no livro de vosso óbi-
to.
as trucagens de tua mente sob o vosso anestésico /
a imagem de tua trapaça na tela de nosso cérebro —

sirvo e serro
no aço de meu serrote
a tábua de minha lei na pena de tua morte.

§ § § § §

na pena de tua morte
serro e sirvo
juro e giro
conto e canto
rejo e rogo
o pouso do teu pássaro pela argúcia desta caça
o agouro do presságio pelo fio de nossa espada
a figa dos teus dedos pela nossa cartomante
a esguelha deste vulto na fuga de vossa ponte
a canga de vosso arreio pela quebra desta vértebra
o teu beato gorjeio pelo grito desta goela
o teu bojo sobre a terra na poeira desta pedra
o rastro de tua pista pelo cão nesta coleira
a iris desta mira neste cano pelo peito deste pombo
o alpiste deste cisco pelo visgo de meu trono
rogo e rejo
canto e conto
giro e juro
sirvo e cerro
no plano deste plenário
na cisma de minha ciência
no canto do meu canário
pelo nosso vosso prêmio
a bênção da obediência
no teu pleno sal do escárnio.

4. sobre a continência

§

o preposto no respaldo
do Primaz do heresiarca
grifa e versa esta mensagem
sob os fios da filigrana
sob as ordens da ordenança
no frasco de vossa essência
para o bem da continência
sob a nossa Primazia
contra o medo desta orgia.

na anestesia do teu sono
sob o ópio do meu mando:

— *o dique de tua luxúria neste leito /*
a ponta desta agulha em meu desejo.
o gelo nestas veias do teu sangue /
a água sem vapor no vazio do meu tanque.
o estéril desta gula à beira do teu púbis /
o espectro do pecado no etéreo desta nuvem —

nego e nutro
nos salmos de minha censura
a tábua de minha lei na pena de tua tortura.

§ §

o escriba deste estado
do Primaz do heresiarca
louva e grava esta mensagem
sob o branco destas plumas
sob o alvo destas dunas
nas unhas da militância
para o bem da continência
sob a nossa Primazia
contra a vossa sodomia.

sob o ópio do meu mando
na anestesia do teu sono:

— o anteparo no teu ímpeto de felino /
o jato d'água no meu fogo sem destino.
o ferro e o casco na pista de tua hípica /
o medo e o casto na tática de minha épica.
a flor de vosso sexo no músculo de tua língua /
adordenossaascesenocortedenossalíngua —

ligo e lego
no gélido de minhas frases
a tábua de minha lei na pena do teu desastre.

§ § §

o servente do colosso
do Primaz do heresiarca
cisma e clama esta mensagem
sob a concha deste ouvido
sob o zinco dos ruídos
neste pé da transigência
para o já da continência
sob a nossa Primazia
contra a vossa felonia.

na anestesia do teu sono
sob o ópio do meu mando:

— a onda de tua ânsia no inchaço desta têmpora /
a lâmina de nossa lança no âmago de tua crença.
a rosa de teu estômago no vinho deste banquete /
a roda de nosso êmbolo na tenaz do torniquete.
os lírios de tua festa no jardim destes prazeres /
a ponta de nossa flecha no peito dos teus haveres —

ajo e armo
no transe de meus despachos
a tábua de minha lei na pena de teu vassalo.

§ § § §

o escuta do palácio
do Primaz do heresiarca
salda e solta esta mensagem
sob a caixa de pandora
sob as chaves desta porta
nesta pátina da inércia
para a voz da continência
sob a nossa Primazia
contra a vossa ousadia.

sob o ópio do meu mando
na anestesia do teu sono:

— o avanço do teu passo além da risca /
a linha de nosso anzol aquém da isca.
o abuso dos teus pendores debaixo deste pano /
o augúrio do meu censo acima do teu desmando.
o rasgo do teu fervor na quebra de nosso dogma /
a quebra do teu cristal na chispa de nossa lógica —

louvo e largo
no palco de minha fábula
a tábua de minha lei na pena de tua mácula.

§ § § § §

na pena de tua mácula
largo e louvo
armo e ajo
lego e digo
nutro e nego
a represa de tua raposa nesta jaula de cortiça
os insetos de vossa angústia numa ânsia de sevícia
esta higiene de sorrisos no estouro de teus nervos
as agulhas de vosso cio no reflexo de nosso espelho
o fio desta meada no pavio de vossa pólvora
o formol desta conserva no frasco de nossa cobra
o álcool destes tecidos na fagulha de teu incêndio
o bote desta jiboia no pelo de meu coelho
o fluxo de teu remorso nas rugas de tua velhice
o soporífero desta bebida no vinho desta crendice
nego e nutro
ligo e lego
ajo e armo
louvo e largo
no plano deste plenário
no verde de minha ofensa
no roxo do relicário
pelo nosso vosso trato
o sabre da continência
no teu pleno vago pacto.

5. sobre a penitência

§

o servente da serventia
do Primaz do heresiarca
cede e cita esta mensagem
sob as flores da aleluia
sob os ramos desta murta
nesta subserviência
pelo bem da penitência
sob a nossa Primazia
pelo espinho da agonia.

sob o sério do meu cetro
na alegria do teu servo:

— a tesoura nas asas do teu pássaro /
a paciência no passo do meu cágado.
a migalha do alimento na ronda do teu ventre /
a fornalha do meu fogo na queima da semente.
a medida do regime na falta de teus bens /
a ausência do meu sêmen na queda deste pólen —

paro e ponho
na trilha de minha ascese
a tábua de minha lei na pena de teu herege.

§ §

o devoto da sacristia
do Primaz do heresiarca
louva e reza esta mensagem
sob os céus de vossa graça
sob o teto desta casa
neste nada de merenda
pela luz da penitência
sob a nossa Primazia
contra a vossa feitoria.

na alegria do teu servo
sob o sério do meu cetro:

— o calafrio da febre na crise do teu achaque /
a gotinha de suor neste nosso cavanhaque.
o apelo do tinhoso na porta do teu sacrário /
a canícula do amor no corpo do meu diabo.
a língua sob as uvas na vinha de vosso cio /
o negro de cada vulva no inferno de meu
suplício —

sugo e ceifo
nos nervos deste meu choque
a tábua de minha lei na pena do teu chicote.

§ § §

o porteiro da portaria
do Primaz do heresiarca
pede e passa esta mensagem
sob a névoa do batismo
sob o toque do teu sino
nesta cárie da carência
pelo vão da penitência
sob a nossa Primazia
pelo não desta fatia.

sob o sério do meu cetro
na alegria do teu servo:

— *o faquir da precisão nas brasas de tua faca /*
o elixir de nosso não no preço de vossa taxa.
o espantalho de tua fome no mastro desta caveira /
o resto desta ração no sótão de tua capela.
o relincho desta mula no meio do teu desterro /
o capricho de nossa bula no corte deste alimento —

alço e abro
na chave de meu armário
a tábua de minha lei na pena do teu falsário.

§ § § §

o parceiro da parceria
do Primaz do heresiarca
prende e prega esta mensagem
sob a ponta deste prego
sob a cola deste selo
neste rés da reverência
pelo sim da penitência
sob a nossa Primazia
pelo som de nossa lira.

na alegria do teu servo
sob o sério do meu cetro:

— *o escudo do teu pecado neste sal da abstinência /*
o escuro do mau olhado desta vossa vigilância.
o teu gosto de cadáver na coroa desta exéquia /
nossa bala de revólver nesta vossa cabra cega.
a paga de tua culpa na curva de tua cabeça /
a força de nossa espada na baba de tua fraqueza —

faço e forjo
no ferro do meu estribo
a tábua de minha lei na pena do teu martírio.

§ § § § §

na pena do teu martírio
forjo e faço
abro e alço
ceifo e sugo
ponho e paro
a gula de vossa súplica pelo gozo da ferida
o prego de vossa junta pela cruz de pus e ripa
o sulco de vosso lombo pela flor desta gangrena
a cárie de vosso fêmur entre os lobos desta ceia
a lasca de vossa unha sob a gota de meu chumbo
o azul de vossa dor na grinalda deste túmulo
a seriema do brejo nas garras de nossa gralha
a úlcera deste jejum na pele de vossa chaga
o voo do querubim no labirinto de nosso sim
a papoula deste crime na mesa do meu festim
paro e ponho
sugo e ceifo
alço e abro
faço e forjo
no plano deste plenário
na chama de minha crença
pelo pó de meu ossário
pelo nosso vosso éden
o êxtase da penitência
no teu pleno santo réquiem.

6. sobre a tolerância

§

o inquisidor desta lauda
do Primaz do heresiarca
lacra e lavra esta mensagem
sobre o verso desta capa
sob o grampo da lombada
nesta ordem da paciência
para o bem da tolerância
sob a nossa Primazia
contra a vossa garantia.

na peça do teu inquérito
a forja do meu critério:

— as mãos desta suspeita na revista do teu bolso /
o cão de nossa espreita na batida deste lobo.
a sorte do realejo na aba do meu chapéu /
o recado de meu cúmplice na laje do mausoléu.
a lente de minha lupa nos escritos desta pasta /
as rugas de minha fronte na pista de vossa caça —

calco e calo
nos autos de testemunho
a tábua de minha lei na pena de teu perjúrio.

§ §

o promotor desta causa
do Primaz do heresiarca
lembra e lega esta mensagem
sob a curva da montanha
sob a paz de vossa pomba
nesta cal da vizinhança
para a pá da tolerância
sob a nossa Primazia
contra a falsa calmaria.

a forja do meu critério
na peça do teu inquérito:

— a rasura desta foto no teu álbum de família /
a secura deste gesto no meu ato de perícia.
o elétrico desta pilha neste aro dos teus óculos /
o radar de minha águia nesta rede de tentáculos.
o cristal deste alfinete na caixa de teu estojo /
o vizinho de parede na mira de nosso olho —

ouço e orço
nos palpos de minha aranha
a tábua de minha lei na pena de tua vingança.

§ § §

o curador desta pasta
do Primaz do heresiarca
cura e cita esta mensagem
sob a face deste álibi
sob a pedra desta lápide
neste mar de tanta onda
pelo cais da tolerância
sob a nossa Primazia
contra o sol da maresia.

na peça do teu inquérito
a forja do meu critério:

— a erosão na base de nossa estátua /
a ferrugem na chave de nossa rótula.
o escafandro no turvo de vossas águas /
o contrabando no curso de nossas rotas.
o explosivo na balsa de tua bússola /
o teu destino no topo de nossa cúpula. —

curto e culpo
nos filtros de minha malícia
a tábua de minha lei na pena de tua perfídia.

§ § § §

o delator destas plagas
do Primaz do heresiarca
louva e leva esta mensagem
sob o lábio do murmúrio
sob o lacre do cartório
nesta folha de fiança
pela voz da tolerância
sob a nossa Primazia
pela paz desta conquista.

a forja do meu critério
na peça do teu inquérito:

— a divisão dos teus dias na faixa de vosso horário /
a marcação de meu guia na ficha deste fichário.
a confissão do recado na sala de teu conviva /
a direção do meu foro na cata de vossa vítima.
a gravação da conversa na lapela deste cravo /
o coração da tragédia no tiro do meu disparo —

disco e dito
nas frases do meu ditado
a tábua de minha lei na pena de teu despacho.

§ § § § §

na pena de teu despacho
dito e disco
culpo e curto
orço e ouço
calo e calco
o vosso estado de sítio no plantio de nossa gleba
a arma de vosso esquema na colheita desta selva
a ronda de nossa fuga na surpresa desta rua
a pesca de nosso peixe nas redes desta patrulha
o salto de vosso pulo no alçapão deste retiro
o cerco de nossa praça nesta esquina sem perigo
o jogo de minha turba no teu olho sentinela
o falsete deste jogo no tombo de nossa queda
o tiro de vosso alvo no perfil de nosso vulto
o clarim deste teu guarda no açúcar de meu susto
calco e calo
ouço e orço
curto e culpo
disco e dito
no plano deste plenário
na ordem desta ordenança
no grito deste corsário
pelo nosso vosso régulo
o dedo da tolerância
no teu pleno mudo medo.

7. sobre a reverência

§

o benévolo na oferenda
do Primaz do heresiarca
salva e silva esta mensagem
sob as asas deste préstito
sob as vestes deste séquito
nesta sé da sapiência
pelo rés da reverência
sob a nossa Primazia
contra a cúria da magia.

no veto do teu devoto
o voto do sacerdócio:

— *o dedo deste anel no teu beijo sem demora /*
o preito de nosso céu no vinho de nossa hóstia.
o cheiro desta arruda aos pés de nosso monge /
o leito de vosso rio por baixo de nossa ponte.
o cego de vosso culto no pó desta sandalha /
o negro de nosso luto no branco de nossa toalha —

toldo e talho
no pelo do meu carneiro
a tábua de minha lei na pena do teu desterro.

§ §

o altíssimo da comenda
do Primaz do heresiarca
arca e alça esta mensagem
sob o bico destas águias
sobre o verde destas várzeas
neste amor de condolências
pelo mais da reverência
sob a nossa Primazia
contra a falsa cortesia.

o voto do sacerdócio
no veto do meu devoto:

— *a paixão desta quaresma no teu súdito /*
o clarão desta fogueira no meu púlpito.
o lodo deste barro na louça desta pia /
o coro do meu salmo na boca da agonia.
a mão da adulação no tom de vossa flauta /
o não da maldição na bile desta náusea —

nado e nego
na hora de minha véspera
a tábua de minha lei na pena do teu déspota.

§ § §

o emérito na contenda
do Primaz do heresiarca
larga e lança esta mensagem
sob o árido destas urzes
sob o cálido destas cruzes
neste pão da contingência
pelo vão da reverência
sob a nossa Primazia
contra a vossa sacristia.

no veto do teu devoto
o voto do sacerdócio:

— a quebra de tua coluna no dorso deste camelo /
a reza de tua novena no banco de vosso joelho.
o chumbo de vosso sono no peso desta pálpebra /
o cúmulo de nosso mando na dobra de tua vértebra.
a via do atropelo na ida do peregrino /
a vinda desta manada no apelo de nosso sino —

sinto e sigo
nas margens deste córrego
a tábua de minha lei na pena do teu látego

§ § § §

o melífluo de encomenda
do Primaz do heresiarca
mede e manda esta mensagem
sob os ases destas hostes
sob as zangas do teu hóspede
neste mar de conivências
pelo altar da reverência
sob a nossa Primazia
contra a voz e vossa ira.

o voto do sacerdócio
no teu veto do teu devoto:

— *a viração do teu vento no verde do arvoredo /*
a podridão do teu medo na brisa do meu brejo.
a proteção desta casa nas telhas do meu teto /
a perdição desta graça na trilha do teu deserto.
a rendição do meu corpo no poço desta cisterna /
a remissão do teu jugo no fosso desta caverna —

cavo e corto
nas asas do teu consolo
a tábua de minha lei na pena do meu demônio.

§ § § § §

na pena do meu demônio
corto e cavo
sigo e sinto
nego e nado
talho e toldo
as pétalas de teu sangue no licor de nossas taças
o rodo de tuas feridas no rosto de nossas dádivas
a cânfora de tua narina no relâmpago desta síncope
a úlcera de teu estômago na paz de nosso crime
a cerviz de vossa fronte no véu deste concílio
a lenha de tua fogueira no gelo do calafrio
a tesoura desta tonsura na coroa do teu pasmo
o embarque desta canoa no rumo de vosso náufrago
a hóstia do teu arrimo na névoa do meu turíbulo
toldo e talho
nado e nego
sinto e sigo
cavo e corto
no plano deste plenário
na flâmula da virulência
no galo do campanário
pela nossa vossa cápsula
o escape sem ciência
na tua plena presa válvula.

OS CIDADÃOS

SOLIDÃO NA MULTIDÃO

1.

com certeza:
para a pobre palavra solidão
a solidão da palavra: homem.

para a solidão do homem:
joão, josé: o sol do não
                                        em cofre.

mas o não do homem só
mas o não de joão e josé
                                        no mesmo nó.

o nó da solidão de joão
diante de josé, o não irmão.

2.

todavia:
para a solidão da palavra
a palavra solidão na praça.

para a praça sem comunhão:
joão e josé na multidão.

não o josé
com o nó da multidão na esquina.
sim o joão
na solidão de josé em fila.

isto é:
o não da comunhão e seu passo.
o cofre do não na solidão:
                                        no mesmo nó.frio e aço.

ou o paço de aço de joão e josé
sós na fila da esquina
                                        a pé.

3.

mas talvez:
para o homem na solidão da palavra
o punho de aço contra o cofre:
                    sua negaça.

pois para a negaça do não em fila
eis a palavra de joão a josé
                    na esquina;

        nosso sim sem não em cofre
        nosso sol de homens pobres.

4.

nesse dia então, com certeza, todavia
talvez um dia:
        no aço frio da praça fria
        a palavra de josé a joão:

  sim, nosso duplo não em cofre
  nosso sim irmão
    mais nossas palmas de mão em mão.

talvez então nesse dia
        joão e josé: um só laço de aço.
        josé e joão: sem solidão nos passos.
        joão e josé: o sol da multidão no asfalto.
        josé e joão / joão e josé:

                no nó do abraço
  para a solidão e seu fracasso.

NA GARANTIA DO FUNDO

no fundo do balaio
por dentro do colchão
na boca deste cofre
entre sete sete chaves
sob a cola sob o lacre
o registro desta caixa
o segredo desta porta
a campainha do alarme
não guardam tua merenda
da escola na sacola.

pelas frinchas / pelas pastas / pelos recibos e quistos /
pelo aviso do prazo.
pela féria / pelas férias sem desconto / pelo saque /
pelo cartão premiado.
pelo atraso não somado / pela falta e sua regra
pela demissão no passado.
pelo descuido / pela tarefa e seu cuidado / pelo cheque /
pelo dedo no teclado.

no fundo do buraco
por dentro da conserva
na orla deste vaso
entre treze treze selos
sob a trave sob a treva
o confisco desta sala
o degredo desta cova
a companhia do verme
não velam tua poupança
do dinheiro no celeiro.

sobre cifras / sobre falhas / sobre rusgas / sobre nadas
de tormentos.
sobre restos / sobre nesgas / sobre vistos / sobre nuvens
de lamentos.
sobre gastos / sobre vírgulas / sobre livros / sobre cargas
de jumentos.
sobre níqueis / sobre levas / sobre vultos / sobre calhas
de cimento.
sobre vestes / sobre saltos / sobre trocos / sobre dons
de fingimento.

no fundo do bueiro
por dentro do casulo
na goela desta gula
entre vinte vinte fechos
sob a laje sob o muro
o suplício desta cela
o silêncio desta mala
esta língua deste vírus
não salvam tua doença
da espera na miséria.

contra postos / contra choques / contra pesos / contra cantos
de suborno.
contra gotas de lágrimas / contra figas / contra regras
de arrocho.
contra filas / contra mínguas / contra sensos / contra flores
de penacho.
contra lobos / contra tempos / contra tigres / contra baixos
de capacho.

no fundo deste pote
por dentro do escrínio
no fosso desta fossa
entre trinta trinta trincos
sob o musgo sob o limo
a perfídia desta lábia
o espelho desta tenda
a cortesia deste gesto
não cobrem o engano
do malogro no seu bojo.

pelos testes / pelos cortes do pulso / pelos tombos /
pela pauta da receita.
pelo sim do teu passado / pelos gatos / pelos risos /
pela fama desta pecha.
pelos lustres / pelos móveis / pelos bens de vossa renda.
pelas ratas / pelas atas / pelos corvos / pelas jaulas
não suspeitas.

no fundo deste fundo
por fora da consciência
no ralo deste caldo
entre tantas tantas grades
tanto selo tanta treva
tanto prego tanto fecho
tanto trinco tanto lacre
sob a laje sob o zinco
sob o código do depósito
sob a vida descontada
nesta casa nesta sorte
a conquista desta glória
o sacrário deste templo
o seguro do teu gasto
não gastam tua memória
da vida jogada fora.

OS PODERES

PALÁCIO DAS LEIS

o plenário

por esta porta
a esquerda depois a direita
no centro desta arena.
a seta esta flecha.
o vosso guia.

o selo da suspeita
o sino sobre a Mesa.
a Mesa com a palavra
na ordem desta órbita
do dia:

— *nossa pauta / a conduta de meu povo / a sangria de teu voto*
no corpo de nossa hóstia.
nossa obra / a consulta de meu dono / a insígnia de teu posto
no rosto de vossa águia. —

leio e louvo
os nomes de teu duplo
nesta casa de teu vulto
no vulto de nosso povo
no pulso de vosso dono:

louvo e leio
no código deste recinto
pelo pó de vosso arquivo
no silêncio deste sino
à boca do campanário
no vazio deste plano
no pleno deste plenário:

à direita desta Mesa
a palavra e sua receita:

— **Cursino Lábia Presteza** no curso destas águas.
no antes de sua carreira. no limpo de nossa mácula
maquina e marcha.
pelos trilhos de tua consciência. vosso lastro.
pelos fundos pelo raso pelo túnel deste rápido
neste sub do teu solo pela balsa de teu bálsamo.

— **Andino Caixa da Empresa** nos andes destas costas.
no ágio das financeiras. no preço de nossa quota
cotiza e cava
vossa bolsa no veio da obediência. vossa igreja.
pelo óbolo pelo santo pela parte desta parcela
neste sub do teu valo pelo lucro na despesa.

— **Felino Lebre Lavoura** nos galhos deste tronco.
na figa da feiticeira. no tranco de nosso tombo
tropeça e traça
pelo sulco de tua consciência. vosso espinho.
pelas plantas pelo caule pelo pó deste caminho
neste sub do teu lobo pelo urso do teu ninho.

— **Ladino Reza da Igreja** nos lados deste templo.
nas asas da padroeira. na laje deste cimento
cimenta e sela
vossa crença no seio da penitência. vossa graça.
pela bênção pelo anjo na cela desta cena nesta casa
deste sub do teu rogo pelo cuspe desta praga.

— **Alcino Faixa Mercado** nas alças deste balanço.
na soma desta receita. nos ítens deste quanto
controla e conta
vosso saldo neste resto de carência. nosso número.
pelos mais de vosso menos nesta área de consumo
deste sub do teu preço nesta renda do infortúnio.

ao centro desta Mesa
a sentença e sua centelha:

— **Amêndolo Sépia Distância** no cimo desta planura.
no núcleo desta castanha. na cela desta clausura
claudica e cruza
as margens de vosso rio nos braços de nosso embalo
neste berço do remanso nesta rinha do teu galo
pelo sub do teu gesto no teu gesto de vassalo.

— **Beátolo Cinza Bonança** no cume desta cruzada.
no casto da cantilena. no reino de outra fada
fadiga e filtra
o leite do teu veneno na borda de nosso cálice.
o sopro de vosso vento no eixo de tua hélice
pelo sub de teu fôlego nas águas de nosso peixe.

— **Girândolo Lustre Concórdia** no lume deste congresso.
no giro do protocolo. no vácuo de teu recesso
receita e risca
o fósforo de vosso sonho no fogo deste artifício.
o pêndulo do vosso sim no vírus de nosso vício
pelo sub do teu não no beijo deste armistício

— **Gárrulo Céus da Abóboda** no ápice deste conclave.
no bojo do crocodilo. no páramo das sete chaves
chameja e chama
a coorte de serafins na boca do teu proscênio.
as aves do teu azul nas árvores do vosso reino
pelo sub do teu anjo nas aras do nosso incenso.

— **Cêntuplo Neutro Virtude** na chispa deste relâmpago.
nas pontas de nossa estrela. no timbre de vosso tímpano
tilinta e tange
mil sereias de miríades neste breu do firmamento
cem centenas de miragens na esquina deste espanto
pelo sub do teu tempo na palavra deste santo.

à esquerda desta Mesa
o âmago da mesma festa:

— **Clarêncio Chavão Pobreza** nos claros deste subúrbio.
no baixo do labirinto. no curso do teu discurso
discursa e dita
a manteiga desta teima no slogan de tua boca
os clarões de tua conversa no fiado desta roupa
neste sub do teu corpo sob o peso desta trouxa.

— **Prudêncio Patrão Nobreza** nos pratos deste banquete.
no alto do seu domínio. no coro deste falsete
falseia e fala
no meandro de tua saliva o excelso desta ópera.
no decoro deste grito a prudência de tua cólera
neste sub do teu canto sob a pauta desta nota.

— **Inocêncio Terção Melado** nos traços deste concílio.
no meio do seu declínio. no doce do teu desígnio
designa e doura
a pílula de vosso dia na noite desta tortura.
a pluma deste consenso na inocência de tua bruxa
neste sub de teu ranço sob o mel de nossa lua.

— **Clemência Sermão Rogado** nos salmos deste retiro.
no centro deste delírio. na seda do teu cochicho
cochila e cifra
os chifres de tua cabeça nas brasas deste tridente.
o fantoche desta face na foice do teu semblante
neste sub do teu rosto sob o nó desta serpente.

— **Hortêncio Quinhão Desforra** nas quinas deste palácio.
no fátuo deste comício. no feltro do teu capacho
capricha e corta
o canteiro do jardim nas flores de tua retórica
o papel deste martelo no fogo desta bigorna
neste sub do teu cenho no rogo de nossa esmola.

POR ESTE ÂNGULO DA ESQUERDA
ENTRE OS CÍRCULOS DO CENTRO
O MENEIO DO ARGUMENTO
NO ENTREMEIO DESTE ESQUEMA
NA TRAMA DE SEU SOLFEJO
CRUZAM AS FRASES DE DIREITO
PELO AVESSO DESTE ESPELHO.
MUDAM O ROSTO DE MEU POVO
NO REFLEXO DE TEU ROSTO
FALAM E FALA DE TEU OUTRO
INDO E VINDO AO MESMO PONTO.

CLARÊNCIO SÉPIA DISTÂNCIA:

— sob o peso desta trouxa
sob o canto do meu galo
o teu ombro de vassalo.

PRUDÊNCIO CINZA BONANÇA:

— pelo fogo de teu fôlego
sob o canto desta ópera
a raiva de nossa cólera.

INOCÊNCIO LUSTRE CONCÓRDIA:

— no beijo deste armistício
pela noite sem tortura
este mel de nossa lua.

CLEMÊNCIO CÉUS DA ABÓBODA:

— a face do meu semblante
o fantoche desta face
sob o nó desta serpente.

HORTÊNSIO NEUTRO VIRTUDE:

— o raio de meu relâmpago
na bênção de vosso santo
no timbre de nosso tímpano.

AMÊNDOLO CHAVÃO POBREZA:

— na cela desta clausura
no bairro do labirinto
no núcleo desta castanha
discurso e cruzo
as margens de vosso rio
na manteiga desta teima
no remanso de teu medo
pela fuga de meus gestos
pelos pobres de subúrbio
nos chavões do meu discurso.

BEÁTOLO PATRÃO NOBREZA:

— no reino de outra fada
no alto do seu domínio
no vasto da cantilena
falseio e filtro
o leite do teu veneno
no meandro da saliva
no decoro desta ira
pelo sopro de teu vento
a nota do teu falsete
na ópera de meu banquete.

GIRÂNDOLO TERÇÃO MELADO:

— no vácuo de teu recesso
no meio do seu declínio
no giro do protocolo
decifro e risco
o fósforo de vosso sonho
na roda desta girândola
no vácuo de vosso pêndulo
o doce do meu desígnio
o mel desta tortura
na lua de tua bruxa.

GÁRRULO SERMÃO ROGADO:

— no páramo das sete chaves
no centro deste delírio
no bojo do crocodilo
cochilo e chamo
os serafins desta corte
a face de meu fantoche
na seda deste cochicho
nos salmos de teu retiro
as brasas do meu tridente
no fogo de teu semblante.

CÊNTUPLO QUINHÃO DESFORRA:

— no timbre de vosso tímpano
no fátuo deste comício
nas pontas de nossa estrela
capricho e tanjo
mil miríades de sereias
a chispa de meu relâmpago
na forra de vosso espanto
neste breu do firmamento
o teu capacho de feltro
no quinhão de nosso feudo.

CLARÊNCIO AMÊNDOLO:

— neste sub do teu corpo
o peso do meu malogro.

BEÁTOLO PRUDÊNCIO:

— a prudência deste gato
na cólera do meu beato.

INOCÊNCIO GIRÂNDOLO:

— o giro de vosso ócio
no pêndulo do meu relógio.

GÁRRULO CLEMÊNCIO:

— o teu âmago de crocodilo
na lágrima do meu delírio.

HORTÊNSIO CÊNTUPLO:

— as hortênsias deste espanto
nas novenas do meu santo.

NESTE CÍRCULO DO CENTRO
FACE A FACE DA DIREITA
VOSSO FOFO EM TEU UNGUENTO
NOSSA FACA NA MANTEIGA
DESTE BOLO SEM RECEITA
CRUZAM E CORTAM A FATIA
NO TODO DESTA MISTURA
NESTA VOZ DA VOZ PASSIVA
NESTE ENCLAVE DA MESURA:

CURSINHO CHAVÃO PRESTEZA:

— no fiado desta roupa
o chavão do meu discurso
na pressa de vosso susto.

ANDINO PATRÃO DA EMPRESA:

— o ágio das financeiras
a parte desta parcela
na seita de nossa igreja.

FELINO TERÇÃO LAVOURA:

— no dorso de vosso tigre
o feitiço desta bruxa
nesta noite de clausura.

LADINO SERMÃO DA IGREJA:

— o santo do meu semblante
a graça de vossa casa
na reza de nossa praça.

ALCINO QUINHÃO MERCADO:

— nesta faixa de consumo
o auge do vosso preço
no quinhão do meu desprezo.

CLARÊNCIO LÁBIA POBREZA:

— nos claros destas águas
no antes de minha carreira
no depois de minha mácula
conclamo e marcho
sob o peso desta trouxa
pelos fundos pelo raso
nos fiapos desta roupa
pelo túnel deste rápido
na lábia do meu discurso
pelas ruas do subúrbio.

PRUDÊNCIO CAIXA NOBREZA:

— nos prados destas encostas
no ágio das financeiras
no preço de nossa quota
falseio e cavo
nos meandros destes títulos
os protestos de teus lucros
nas urnas de nossa igreja
o ouro de vossas prendas
na água de vossos peixes
o vinho de nossos cálices.

INOCÊNCIO LEBRE MELADO:

— nas figas de feiticeira
nos figos desta figueira
no leite de vossa cabra
desenho e traço
o corte de nosso caule
o doce de nosso espinho
na polpa de teus desígnios
as patas de nosso urso
as quedas de nosso tombo
na pista de vosso rumo.

CLEMÊNCIA REZA ROGADO:

– nos salmos deste templo
no centro deste delírio
nas asas da padroeira
cochilo e selo
no seio da penitência
as brasas do teu castigo
o fogo de nossa seda
no rogo de meu cativo
os chifres de tua cabeça
na reza de vossa crença.

HORTÊNSIO FAIXA DESFORRA:

– nas quinas deste balanço
nas arestas deste mando
no cerco de vossa horta
capricho e conto
o cômputo de cada hora
o zero deste algarismo
a espera desta esmola
a parcela do meu dízimo
o troco do mesmo preço
no ferro de meu cabresto.

CURSINO CLARÊNCIO:

— os poros de vosso corpo
  no sub de nosso solo.

PRUDÊNCIO ANDINO:

— o canto do teu contralto
no sub de nosso galo.

FELINO INOCÊNCIO:

— o cordeiro de teu consolo
  no sub de nosso lobo.

CLEMÊNCIO LADINO:

— o hábil de vosso choro
  no sub de nosso rogo.

ALCINO HORTÊNSIO:

— o temor de vosso cômputo
  no cômputo de nosso túmulo.

POR ESTA ALA À DIREITA
EM FRENTE DE VOSSA ESQUERDA
NA TRAMA DO TEU TECIDO
O TECIDO DE MIL PALAVRAS
NESTA CRUZ DESTA CRUZADA
CRUZAM OS NOMES DESTA SALA
NO MACIO CORPO HÍBRIDO
DESTA FALA EM VOSSO OUVIDO.

AMÊNDOLO SÉPIA DA LÁBIA

— nesta rinha do teu galo
  nesta seda do teu gesto
  o teu gesto de vassalo.

BEÁTOLO CINZA DA CAIXA:

— pela parte do teu cofre
  pelo lucro na despesa
  nas cinzas de tua morte.

GIRÂNDOLO LUSTRE DA LEBRE:

— mais um vírus de outro vício
  neste sub do teu lobo
  no logro este armistício.

GÁRRULO CÉUS DA REZA:

— nas aras do nosso incenso
  pela bênção pelo anjo
  nestes céus do vosso reino.

CÊNTUPLO NEUTRO DA FAIXA:

— na esquina deste espanto
  na faixa de vosso preço
  pelo zero do meu cêntuplo

CURSINO LÁBIA DISTÂNCIA:

— no limpo de nossa mácula
no núcleo desta castanha
no antes de minha carreira
claudico e marcho
nos braços de nosso embalo
no curso destas águas
às margens de vosso rio
pelos fundos pelo raso
pelo túnel deste rápido
pela lábia do meu bálsamo.

ANDINO CAIXA BONANÇA:

— no preço de nossa quota
no casto da cantilena
nos andes de minhas costas
fadigo e cavo
vossa bolsa vossa igreja
no ágio das financeiras
na borda de vosso cálice
pelo óbolo do santo
neste sub do teu valo
nas águas de nosso peixe.

FELINO LESTE CONCÓRDIA:

— no tranco de nosso tombo
no giro do protocolo
na figa da feiticeira
desenho e traço
o fósforo de vosso sonho
nos olhos de vosso tigre
no lume deste felino
neste sub do meu lobo
a leste do teu caminho
pelo vírus do teu vício.

LADINO REZA DA ABÓBODA:

— na laje deste cimento
no bojo do crocodilo
nos lagos deste templo
chamejo e selo
nas asas da padroeira
no seio da penitência
a sorte dos serafins
nas aves do teu azul
no ápice deste coclave
do páramo de sete chaves.

ALCINO FAIXA VIRTUDE:

— nos ítens deste quarto
nas pontas de nossa estrela
na soma desta receita
rebrilho e conto
nas alças deste balanço
cem centenas de miragens
na chispa deste relâmpago
na esquina deste espanto
nesta faixa de consumo
pela sobra e seu pecúlio.

AMÊNDOLO CURSINO:

— neste sub do teu solo
  o embalo do teu bálsamo.

ANDINO BEÁTOLO:

— neste sub do teu valo
  os teus auges de beato.

GIRÂNDOLO FELINO:

— neste sub do teu lobo
  as lebres do meu consolo.

GÁRRULO LADINO:

— neste sub do teu anjo
  este forte do meu santo.

CÊNTUPLO ALCINO:

— neste sub do teu preço
  as miríades do meu erro.

DECRETOS-LEIS

1. sobre a limpeza pública

— ?
— em nome do heresiarca/ pelo príncipe da república
pelo voto do munícipe com seu rosto de fantasma:
o édito de vosso edil no rubro de vossa túnica
na dada palavra dada no vácuo desta bancada:

a zona proibida desta vossa bactéria.
o circuito desta rua. a rua desta viela.
a poça corrompida. o jorro na valeta.
a queda de tua estrela nesta poça da sarjeta.
a praça proibida desta vossa voz de alerta.
o influxo deste vício neste frio de maleita.
a febre com sua espreita nesta água sobre a mesa.
o combate deste vírus: o foco na tua cabeça.

na cabeça deste foco
no contágio deste ópio
contra o beijo deste inseto
deixo e baixo
este decreto
—vosso leme—
na lavagem do teu cérebro
pela nossa vossa higiene.

a boca sem medida dessa fossa de miasmas.
o sopro deste hálito. o hálito na praça.
a frase dividida no juro da sacada.
o contágio deste vírus: a perda desta fala.
o grito desmedido desta voz de alarma.
o influxo deste vício no rio desta ameaça.
a sílaba corroída no curso de nossa lesma.
o combate deste vírus: a febre com suas chagas.

nas chagas desta febre
no combate deste germe
contra o beijo deste inseto
baixo e deixo este decreto
—hoje e sempre—
na lavagem do teu cérebro
pela nossa vossa higiene.

— ?
— em nome do heresiarca/ pelo drácula da renúncia
pelo zelo do munícipe na glória de sua hora
o édito de vosso edil pela boca desta súcia
com a dada palavra dada no topo de vossa porta:

pelo roxo dos lilazes
pela pá de nossas pazes
contra o enxame de infratores
contra o lixo e seus odores
pelo vesgo polvo negro
pelo gordo sono cego
contra o visgo desta lesma
:o mel de nossa abelha
o júbilo desta colmeia
a morte das bactérias
o brilho da tua estrela
na poça deste decreto
na lavagem do teu cérebro
entre as flores da suspeita.

2. sobre o abastecimento público

— !
— no júbilo do heresiarca/ pelo tímpano da campânula
pela gula do munícipe com sua caça não caçada
o édito de vosso edil no foro de vossa câmara
na dada palavra dada no vácuo desta manada:

as vias de acesso deste vosso alimento.
a rede deste silo. o sino do convento.
a palha desta saca na semente deste vento.
no cio deste asilo: a pílula do teu sustento.
a rota deste risco na cifra do teu preço.
as malhas deste laço nos chifres do bezerro.
o pasto de migalhas deste pão em vosso cesto.
no grão de nosso milho: a rótula do teu joelho.

no joelho de vossa dobra
no estômago de tua boca
contra a dose de vosso medo
deixo e baixo
este decreto
—santos óleos—
no aval de vosso endosso
pelo sal deste depósito.

a frota desta entrega do não a domicílio.
a massa do fermento. o tóxico do teu vício.
a carne deste desejo no silêncio do teu grito.
no céu de nossa igreja: a hóstia de teu suplício.
a vereda do varejo no caminho do veículo.
a quirela da partilha nesta bolsa do pecúlio.
as alfaias. os legumes. a erva de nosso filtro.
no vão de vosso orgulho: a trégua de teu conflito.

no conflito desta trégua
no apóstolo desta guarda
contra a dose de vosso medo
baixo e deixo
este decreto
—santos óleos—
no aval de vosso espelho
pelo sal deste depósito.

— !
— no júbilo do heresiarca/ pelo drácula da denúncia
pelo viço do munícipe com seu sopro de trombeta
o édito de vosso edil neste timbre de camurça
com a dada palavra dada na cena de nossa ceia:

pelos ossos da mandíbula
pelo óvulo da libélula
contra o enxame de infratores
contra a fome e seus ardores
pelo gordo polvo negro
contra a gula desta baba
:a massa de nossa alfaia
o júbilo das bagatelas
a morte de vossa trégua
na quota deste decreto
o prato de vossa mesa
o pão de meu centeio
na tenaz de vossas presas.

3. sobre o tráfego público

— ?
— com a raiva do heresiarca sob o índex da república
pela fuga do munícipe com seu rosto de couraça
o édito de vosso edil no selo de vossa rúbrica
na dada palavra dada no topo desta bancada:

a passagem pela morte. o transe do vosso lado.
a pata deste intruso. o sangue do sobressalto.
o olho deste semáforo nos olhos do meu soldado.
na pista desta partida: o mapa de nossos passos.
a paisagem pelo norte. o desastre e seus destroços.
um gato no lusco-fusco. o sangue no teu pescoço.
o fogo deste fósforo nos faróis de nosso corvo.
na busca desta milícia: a zona de vossos lobos.

nos lobos de vossa zona
na estepe de tua ronda
contra o ferro de vosso freixo
deixo e baixo
este decreto
—mão de aço—
nos cavalos destes cascos
pelo nosso vosso tráfego.

a cruz do cruzamento. o amparo deste escudo.
a seta de nossa placa. tua estrela neste escuro.
o facho de nosso braço na estrada do teu rumo.
na crista deste horizonte: a nuvem de vosso agouro.
o lance desta arrancada. a porteira deste touro.
os chifres desta fúria. este cágado. vosso sono.
os tigres de vossa culpa nas veias de meu socorro.
neste curso de teu sangue: a gota de nosso soro.

no soro de vossa gota
no encalço desta raposa
contra o ferro de vosso freio
baixo e deixo
este decreto
—mão de aço—
nos cavalos destes pastos
pelo nosso vosso tráfego.

— ?
— com a raiva do heresiarca pelo drácula da denúncia
pela fuga do munícipe com sua fúria de opereta
o édito de vosso edil pela chave da clausura
na dada palavra dada na placa de vossa testa:

pelo giro neste trilho
pela trilha do retiro
contra o enxame de infratores
contra o polvo e seus motores
pelo oco povo quieto
pelo roxo do teu féretro
:o grito de nossa graxa
no rosto do teu repouso
no sono do nosso lobo
no berço deste decreto
para a cruz do teu sossego
entre os chifres do meu touro.

4. sobre o passeio público

— !
— no cântico do heresiarca / pelo júbilo da república
pela festa do munícipe com seu rosto de argamassa
o édito de vosso edil no eco da concha acústica
na dada palavra dada no bojo desta bancada:

as gardênias. o pólen. este incenso nas narinas.
vosso eflúvio. o rio turvo. este branco de aspirina.
o cortejo da família no harpejo destas pétalas.
esta aura no subúrbio: o temor de vossa festa.
a dolência deste córrego. o lodo desta piscina.
o cálido de teu mergulho. vosso éter. a cocaína.
o bocejo da polícia no aconchego desta selva.
esta ária do murmúrio: o torpor de vossa erva.

na erva de vosso torpor
nas garras deste terror
contra o ópio de vosso enlevo
deixo e baixo
–mão de arrimo–
no dorso de teu cochilo
no avesso de meu passeio.

as hortênsias. a penugem. o lânguido destas crinas.
vosso parque. o canto do canteiro nas esquinas.
o lampejo de nossa espora no sonho do teu galope.
na cócega desta virilha: a haste do nosso toque.
a dormência deste tato. o barro de vossa mina.
as urzes deste arrepio. as gazes desta cortina.
os meneios da preguiça no harpejo desta morte.
na harpa desta cantiga: a haste de vosso corte.

no corte de vossa haste
nas malhas de outra peste
contra o ópio de vosso enlevo
baixo e deixo
este decreto
–mão de arrimo–
pelo néctar de meu vinho
no avesso de teu passeio.

— !
— no cântico do heresiarca com o drácula da denúncia
pela farsa do munícipe mais sua flauta clarineta
o édito de vosso edil pelo amor da sua jura
com a dada palavra dada na febre desta maleita:

pelo verde deste cloro
pelo cloro deste ódio
contra o enxame de infratores
contra as flores e seus humores
pelo azul de vosso medo
pelo roxo polvo lerdo
a rédea de nossas cordas
o caule de vossas podas
no vosso harpejo de pétalas
no sono de nossas ervas
nas folhas deste decreto
entre as hastes do desejo
pelo éden do teu servo.

5. *sobre o festejo público*

— ?
— no gozo do heresiarca / pela gula da república
pelo grito do munícipe com seu fogo sem fumaça
o édito de vosso edil no visgo de vossa astúcia
na dada palavra dada no circo desta algazarra:

a salomé de quermesse na cortiça da bandeja.
esta ordem da milícia na degola da cabeça.
o artifício da máscara. a girândola. o cometa.
o míssil de papel. o alvo desta mira. vossa queda.
a rolha do estampido. o pavio sem rastilho desta pólvora.
esta fila da malícia. o incêndio nos olhos desta cobra.
este brilho: o bico de nossa águia no teto de vossa casa.
a cólica da serpe. a bulha do rebanho no bojo da barraca.

na barraca deste bojo
na quermesse do teu povo
contra o soro do folguedo
deixo e baixo
este decreto
–mão de guizos–
no alvará de vosso riso
pelo céu do teu festejo.

o batista da bandeja. a dança da salomé no meio de vosso
circo.
a lança nesta carne do teu mártir. a mudez do vosso grito.
o pator do pastoreio. a farândula. a pele deste carneiro.
a carícia da milícia na torre de vigia do teu nosso
padroeiro.
o arremate do teu lance. o martelo do pregão. a vossa prece.
esta reza de ruídos. a chispa do rojão. o órgão desta missa.
o rumor do meu rugido. o cenário de papel do vosso júbilo.
os leilões. os clarões no breu de vossa abóbada em decúbito.

no decúbito desta abóbada
na quermesse desta aposta
contra o coro do folguedo
baixo e deixo
este decreto
–som de sino–
no alvará deste meu hino
pelo céu do teu festejo.

— ?
— no êxtase do heresiarca / pelo drácula da denúncia
pela estrela do munícipe com seu tiro pirotécnico
o édito de vosso edil pelos coros de aleluia
na dada palavra dada no inferno deste estrépito:

pela língua do delírio
pelo pó afrodisíaco
contra o enxame de infratores
contra a orgia e seus suores
pelo polvo roxo tétano
pela chispa deste ébano
:os clarins do nosso guia
os cupins de vossa cisma
o corpo do teu descanso
no mastro de vosso santo
o laço de meu decreto
na cortiça da bandeja
com a degola da cabeça.

OS CIDADÃOS

PEDRO VENÂNCIO

sobre o tapete
nenhum enfeite

sobre a parede
nenhuma sede

sobre o capacho
nenhum sapato

sob essa ponte
nenhuma fonte

sob o capricho
nenhum feitiço

sob o disfarce
nenhum enlace

— NESTE ESTADO DE SÍTIO
EIS TEU MEDO PARALÍTICO

Pedro Venâncio
fazia fita
quando dizia
que não dizia
as frases ditas:

dentro do poço
nenhum caroço

dentro da mata
nenhuma caça

dentro em breve
nenhuma greve

fora da hora
nenhuma demora

fora do curso
nenhum intruso

fora do preço
nenhum comércio

— NESTE ESTADO DE TRANSE
EIS TEU OLHO DE RELANCE

Pedro Venâncio
engolia seco
quando pensava
que não falava
pelos avessos:

entre os aflitos
algum detrito

entre os morcegos
algum desprezo

entre os medrosos
algum divórcio

ao lado da raiva
alguma palha

ao lado da alcova
alguma sova

ao lado da rua
alguma luta

— NESTE ESTADO DE FORÇA
EIS TEU TATO DE CAMURÇA

acima do povo
a vez do ócio

acima da briga
a vez da intriga

acima do uivo
a vez do urso

abaixo da crítica
a voz da esquina

abaixo do pântano
a voz do espanto

abaixo do pêndulo
a voz do crédulo

— NESTE ESTADO DE COISAS
EIS TEU AR DE MARIPOSA

Pedro Venâncio
virava a mesa
quando sabia
que não sabia
da sua vida
mansa e vazia
de frases feitas:

— sob o enfeite, sem muita sede; sob o capacho, sem ter sua ponte; sob o feitiço, sem seu capricho / Pedro Venâncio pagava o preço de ser fantoche no vão desprezo de sua face.

— dentro do poço, com sua febre; dentro da hora, sem ter seu curso; na longa espera de sua demora / Pedro Venâncio selava o selo de ser intruso no vão comércio de seu disfarce.

— entre os morcegos, com seus detritos; entre os medroso, sem ter sua raiva; no fogo de palha de sua alcova / Pedro Venâncio curtia o zelo de ser aflito no vão divórcio de seus enlaces.

— com a voz do povo, mas com o seu ócio; sem ter seu uivo na vez do urso / Pedro Venâncio pregava o medo de ser o enredo do próprio espanto

da frase dita
da frase feita
na voz perdida
de sua vida:

um móvel pêndulo
no imóvel pântano.

poupança

nas urnas nas dobras / no sono lento sono / nas unhas
recolhidas / sob o pelo sob o pano / no veludo das arcas /
na lasca da mobília / no despojo do morto / sob a laje
na quilha / desta nave nesta garra / sob a luva contra o
rosto / na asa desta xícara / nesta casca de ferida /
no coágulo do sangue / nesta cerca de arame

a morte sem seus pêsames
se aposenta no aposento
desta casa neste reino.

este reino do seu tempo / este seu passado pleno /
mal revisto nesta conta / teus aumentos de salário /
nesta folha de serviços / este prêmio pelo mérito /
tua flor de anestesia / este gato aquela onça / manso
bicho funcionário / tua ida ao cemitério / um sabor
de meretrício / no favor da cortesia / este medo do
dissídio / no silêncio do plenário / este grito de
auditório / na consciência sem ruído

faz a conta do teu ócio
no saldo deste passado
de teu reino sem depósito.

no depósito deste reino / o lento sono do mofo / os cupins
no galho seco / a renda podre do armário / as baratas
na gaveta / teus porões de piso oco / tua ausência de
cabelos / neste crânio neste ossário / com seu sono de
caveira / mais o pó do crucifixo / entre flores de alecrim /
este vaso de hortênsias / mais o frasco sem provetas /
desta química do fim / o galo mudo da estampa / neste pó
de calendário / a tua teia de aranha / no vácuo de tua
consciência

toma o mofo deste reino
no vírus morto da herança
pelo mais de nosso menos.

OS PODERES

PALÁCIO DOS JUÍZOS

POIS
ANTES, DURANTE E DEPOIS
DO VEREDITO
:O DITO PELO NÃO DITO
E VICE-VERSA
NO TEU OUTRO AS AVESSAS

O TRIBUNAL

antes do
veredito. a veracidade do dito. o bico do urubu. a gola desta
toga.
o adro. o pórtico das colunas. a pena de pavão no capacete
desta *águia*.
o patamar. o topo desta escada. o posto desta guarda em vossa
honra.
as rótulas. esta entrada. o corredor do centro. o lustre desta
luz. a vossa *sombra*.
as alas. o teto do teu anfiteatro. as aras. o altar de vosso
magistrado.
o estrado. os autos sobre a mesa. a defesa. o libelo no corpo
deste *jurado*.
o cenáculo. o pêndulo da balança. a venda nestes olhos. o altar
de vossa *deusa*.
a espada. o escudo. os brasões deste varão. o bronze deste
busto. vossa *cabeça*.
a baioneta. o veludo. o carmim. o clamor. o tambor. o clarim
de teu *juízo*.
o som desta sineta. a leitura desta ata. o juiz do teu silêncio.
nosso *grito*.
a surdina dos ruídos. o cicio desta página. o peso de vossa
pálpebra.
o estilo do aparato. o rocambole das rendas. o ofício. a oferenda.
vossa *cátedra*.
o degrau de nosso passo. a ronda do palácio. o trêmulo de nossos
lábios.
o cenho de vossa testa. o brilho desta luneta no aro de vossos
óculos.
o vosso punho sem gesto. a vossa têmpora. o rangido de meus
dentes no ácido de tua *saliva*.
o visgo deste olho. vosso corpo na poltrona. o sossego desta *ira*.
a fórmula dos formulários. a sobrancelha. o cabeçalho. a vossa
pauta.
o lombo desta lombada. o timbre. o lacre. a tesoura no envelope.
a dobra desta *carta*.

os meandros da parábola. o quadro na parede: o tema de vossa
algema.
os anúncios da sirena. o mural de vosso teto com a guarda do teu
anjo. vossa *pena.*
as nuvens do paraíso. o pródigo na masmorra. a luz no ouro de
vossa *grade.*
o rubi de nosso anel. a auréola. os gases desta vossa válvula
de *escape.*
a flecha no arco deste arco-íris. o incêndio. o fogo de saturno
no círculo da tua *consciência.*
o foro do teu íntimo no íntimo de nossa vontade. o vinho da
clemência.
o sangue desta toalha. a goma do colarinho. o borco da prata
desta taça no bojo do teu *veneno.*
o bálsamo do teu castigo. a mão de vosso pai sobre o teu ombro
no dorso do meu *desterro.*
a paciência. o holocausto. a degola. a madrasta. o império
de vosso *arbítrio.*
a lasca de madeira sob as unhas. a tábua de talião. o estado
de vosso *sítio.*
a capela de nosso abrigo. a tutela. o vazio desta cela no tóxico
da *maresia.*
a nossa benção. o nosso beijo nas rugas do teu pulso. a seda
da tua corda na vossa *asfixia.*
o diamante no alfinete deste capuz. a tocha na cruz destas
trevas do teu *monge.*
o incenso. o ofício dos ofídios. as resinas. os detritos de teu
rio. a vossa *ponte.*
o viciado de teu vício. o indício deste indiciado. o alvo de
vosso *algoz.*
o benigno. o temor. o tumor. o siso do meritíssimo nas tramas
deste cipó. nosso *nó.*
o teu amparo. a vossa cautela. o rosto do censor na janela
deste *espelho.*
o teu reflexo na vítima. o sósia de vosso povo sob a aura sob
o freio deste *conselho.*

NAS BARRAS DESTE CONSELHO
:O TRIBUNAL DA CONSCIÊNCIA
O TRIBUNAL DO TEU SONO
O TRIBUNAL DO TEU RISO
NA PROTEÇÃO DESTE POVO
NA PROTEÇÃO SEM DESCANSO
DO TEU MEDO PARALÍTICO.
NAS GARRAS DESTE CONSELHO
:O TRIBUNO / O TRIBUNÍCIO
O SOLDADO/ O SODALÍCIO
ESTE VOSSO JULGAMENTO
ESTE MENTO DESTA JURA
ESTE NOSSO JURAMENTO
JULGA A JURA DESTE POVO
NOSSA MÁSCARA VOSSO ROSTO
SOB AS ORDENS DO TEU REINO.

A SENTENÇA

durante
o veredito. o dito deste parágrafo. a alínea deste artigo. as
patas de vosso *tigre.*
as vísceras para os nobres. os ossos para os pósteros. a bala
do teu rifle.
a divisão de vosso corpo no parágrafo deste artigo. o rateio
no dito desta *alínea.*
o simulacro desta morte. cabeça tronco e membro. o caule de
vossa *tíbia.*
a febre do pesadelo. esta visão de execução do teu delírio. o
pavor das botas neste *charco.*
a sentinela no corredor. a água desta moringa em tua cela. a
agonia no miado deste *gato.*
o violeta destes raios na fresta da tua janela. o vigia na
viseira deste *muro.*
o sinistro do simulacro. o ministro deste vosso sarcófago. o
tigre na insônia de teu *urro.*
os músculos para os fracos. as veias para os fortes. a córnea
para os trânsfugas.
a divisão de vosso corpo no cardápio desta carta. o vinho de
vossa *pândega.*
o simulacro desta morte. os ácidos de tua alucinação no risco
desta *espora.*
a marcha sobre o lodo. o estilete na garganta deste galo. o
roxo na amora desta *aurora.*
a patrulha desta esquina. as chispas deste casco. os cascos de
teu cavalo no cimento deste *pátio.*
as rezas deste padre. a chama desta vela. a fila destas faces
na tela deste *pálio.*
o treino do soldado no tiro contra o alvo. a fuga deste rato.
a cara da *caveira.*
o branco deste dente. o gesso deste riso. o baque de vossa queda
na *soleira.*

os nervos para os calmos. o fêmur para os raros. o fígado para o pasto do teu corvo.
a divisão de vossa morte no ossário desta urna. o tombo de teu corpo no vácuo deste *poço.*
o simulacro deste cofre. o macabro do teu féretro. o vento na alameda desta *cova.*
o arrepio de vosso pelo. o assobio nas harpas de teu segredo. a sobra de vossa *sobra.*
o choro de criança. o uivo deste cão no subsolo. o solo de teu sósia na *penumbra.*
a sequência desta exéquia no sonho de vossa câmera. o agouro de vosso crime no vulto de tua *sombra.*
o uivo desta ambulância. o socorro de vossa farsa. o éter de vosso soro na maca do meu *desmaio.*
a perda da consciência. o espanto deste espanto. a vossa ausência da ameaça na ameaça a cada *passo.*
as presas de vosso tigre no horror do meu delírio. a paz de vosso lírio na boca desta *cisterna.*
a posse de meu desejo nas dobras de vosso manto. o peso de vosso mando na ceifa de nossa *espera.*
o macio de vosso tato na lixa de nosso poro. a palma do patriarca nas costas do teu *consolo.*
o simulacro desta coorte. o enxofre de nosso âmago na caverna do meu *sono.*
a bile para os abúlicos. o pâncreas para os autômatos. o cérebro para os sonâmbulos.
a divisão de vosso espólio no inventário destes autos. o resto na partilha deste *código.*
a chave na fechadura. a corrente no cadeado. o pano sobre o palco. o término desta vossa *histeria.*
o sítio de nosso estado. o cimo de nosso estrado. a sentença de nossa lei para a vossa *anestesia.*

NA ANESTESIA DESTAS PÍLULAS
NAS LINHAS DE CADA ALÍNEA
NO PLANO DESTE PLENÁRIO
FICA O SOPRO DA AMEAÇA
O ACUO DESTE RECUO.
FICA A PONTA DESTA ESPADA
O NÓ DE TEU SOLUÇO
NESTE SUSTO ATRÁS DO MURO.

O RECURSO

depois do
veredito: o curso de teu rio no recurso deste apelo. o servo
de vossa súplica de *joelhos.*
a miséria da petição. o endereço desta carta. o radar de vossa
treva no voo de teu *morcego.*
o apelo a vossa instância de soberba. o sub de nosso pranto.
a raiva de vossa *baba.*
a pane desta mente. o subserviente. o pânico deste apego à
alça de vossa *alçada.*
a súplica ao soberano. a sesta de teu tigre. a vossa cúpula.
a ruga de teu *dono.*
o súplice de nossa cúria. o sopro de vossa fúria no teu gesto
de *abandono.*
as custas de teu processo no recesso de vossa culpa. o dedo de
nosso *cúmplice.*
a nossa súplica. a súplica ao sádico de teu desvelo. ao ácido
de vosso *cálice.*
o fio deste novelo na lamúria de teu apelo. a lágrima no lúgubre
de vosso *pântano.*
a instância da indiferença. a tua crença na mosca de teu incômodo
no rosto do *soberano.*
o dúplice da súplica. o raso de vossa órbita na réplica de nossa
insônia.
o incólume da toga. o apelo aos sapos deste sátrapa. o bocejo
de teu amo no trono da *cerimônia.*
o ouro deste copo. a borda deste ouro. a auréola do teu devoto
no dogma de vosso *foro.*
o coro de nossa música nos órgãos deste orfeão. o chão de nosso
canto no céu de vosso *gozo.*
a forra deste apelo. o tríplice desta súplica ao cristo de
cristal no límpido de vossa *aresta.*
o sacro deste ofício. o súplice no suplício desta fé ao pé de
vosso *déspota.*

o sacrifício. o fogo no ferro desta cruz em vossa testa. a cinza da água *benta*.
A brasa da magia. a degola do carneiro no sangue da bacia. o rogo à vossa *seita*.
o vosso culto atrás da igreja no arredor desta abadia. a teia no pacto da *suspeita*.
o ânus do soberano. o enxofre. o beijo dos confrades no porão da *confraria*.
o avatar de nosso engano. o altar deste profano no avesso desta vossa *liturgia*.
o preito deste préstito nos hereges desta fila. a glória de teu primaz nos chifres de vosso *demo*.
o curso de nosso rio no recurso deste apelo ao teu culto de *amuletos*.
o apelo de teu credo. o credo de tua crisma. a cisma de teu parceiro no despacho deste *feito*.
a cisma de mão no peito. o peito deste galo no terreiro. a agulha no vazado deste olho de *coelho*.
o quádruplo desta nossa súplica de quatro. o rogo ao ápice do teu *triângulo*.
a bênção à lápide do teu sepulcro. o nosso salmo ao pai. ao filho. à mãe de *santo*.
a busca do vosso beneplácito. a ciência de nossa obediência. a nossa língua no pó de vossa *tumba*.
a planta de teus pés nos cacos deste vidro. o nosso espasmo de bruço na roda de *macumba*.
a graça de vossa clemência. o orixá. o exu. o sujo. o oblíquo. a crina desta égua.
o capeta. o cínico. o anjo de vosso assento. o bode. a bota de sete *léguas*.
o exorcismo do meu demônio. o demônio de minha súplica. esta ofensa contra a vossa *tolerância*.
a dádiva de vosso relho no siso de vosso súdito. o indulto da indulgência nas glórias da *prepotência*.

NA CANDURA DESTE DÉSPOTA
ÀS CUSTAS DE VOSSA CULPA
PELO AVESSO DESTA RÉPLICA
NO PLANO DESTE PLENÁRIO
SECA A LÍNGUA DO TEU TIGRE
NA BABA DE NOSSO CÚMPLICE.
SECA O SANGUE DESTE CÁLICE
NA SÚPLICA DE CADA SÚPLICE.

OS CIDADÃOS

SÁBADO NA HORA DA ESCUTA

por fora
nesta hora
estou estamos na poltrona.
o sábado:
seu macio beladona
nos prende na onda
no baixo letal veneno da sombra
cômoda.

na poltrona do sossego
estou estamos no centro
das ondas longas
das ondas curtas
da língua suja
da mesma fria
NOTÍCIA
com sua asma
com seu fantasma
de sentença coletiva.

estou estamos na ilha
sob os raios de rádium
onde estando estamos
com o rádio de pilha.

seu reino avança.
indefesos
presos
estou estamos no centro.
dentro
a enguia fria da NOTÍCIA
lança a lança em onda de onde
está estando em sombra.

pois esta é a sombra.
esta, a cômoda.
este, o letal concêntrico
veneno
em volta da poltrona.

estou estamos.
no centro por dentro da ilha
sob as águas, no meio das ondas
o rádio de pilha
está onde estamos
—sombra e escudo—
quando mudos
na sombra
ouvimos o que não muda
e manda.

O AUTO-IMPOSTO

esta faca sobre a mesa
não passa por tua cabeça.
o alfinete no dedo
não finca o teu segredo.
a argola deste laço
não amarra o teu penacho.
a bainha na cintura
não cabe na tua luva.
a migalha no tapete
é a fome de repente.
a nódoa deste capote
mancha a tua mala-sorte.
a mosca sobre este prato.
o cisco no teu retrato.
a casca desta amêndoa.
o trigo de tua moenda.
a tesoura sobre a cômoda
cega o olho desta pomba.
a cenas deste alicate
mói a pedra desta laje
rói a sílaba da palavra
na erosão de tua fala.

/ não fale. a falha é a nossa prenda. pela manhã os decretos
saem pelas tendas das gavetas. estão de língua suspensa.
fisgam o transeunte. lambem o calcanhar no passo da sarjeta.
sondam atrás do muro. espiam pelo vidro da janela. enleiam
de surpresa. não dormem sob a pálpebra aberta. dilatam a
íris da suspeita na descarga do banheiro, no corrimão da
escada, debaixo de nossa mesa. não fale. nem cochile. o
cochilo cochila sem defesa. finja de morto no escuro, à
luz da sala acesa. o dejeto desta língua na letra dos
decretos saliva em tua consciência. dá o bote sem espera
na dobra deste armário na dispensa. não olhe para os lados.

duvide da certeza. não anote o teu diário. cuidado com a
torneira. a língua dos decretos escorre entre os dedos.
encolhe-se na pia. desliza sobre a pedra. conhece o mármore
do piso, o vão da estante. soletra o livro de cabeceira.
atente. não descanse sem mais nem menos. essa língua decifra
o pensamento. pela manhã projeta o foro do decreto, sobe
pelas paredes. não deite em sua rede. ela penetra os cantos
das cantoneiras. esconde-se no forro. paira sobre as telhas.
fuja da copa, da cozinha. não toque nas asas desta xícara
chinesa. os decretos veem nas entrelinhas. revogam. condenam.
estão latentes. latem. sua língua pulsa na coleira. não
troque de camisa diante do espelho. não abra cartas. essa
língua brilha em seu reflexo vermelho. não cole selo neste
envelope. não leia. não abra a porta. ela bate no toque do
carteiro. guarde os teus chinelos sob a cama. tire os teus
sapatos com sossego. ela se esgarça no fio destas meias.
finja de preguiça. recuse os matutinos. pela manhã os
decretos se enovelam nas notícias. não passe recibos. tape
os ouvidos. não ouça os teus apelos. esqueça esta conversa
e seus rodeios. /

a tenaz deste alicate
mói a pedra da palavra
na hora do nosso alarde
na boca sem comentário
do plano deste plenário.

A lavra, a indústria e a poesia

Por Pedro Marques

I.

Todo corpo poético, independente das dimensões e quantidades de suas microunidades, desafia a leitura crítica, que ao controlar o movimento de um dos braços, de repente, é jogada ao chão pela calda incontida. Um livro de poesia, de fato, desenha uma anatomia e suas entranhas, às vezes projetando-se como escultura de Lorenzo Bernini (1598-1680), cada parte caminhando para a harmonia, outras vezes empilhando fragmentos de azulejos e carnes, como na obra de Adriana Varejão (1964-). Entender as veias ou vigas que deixam um único volume de pé, mesmo que de modo cambaio, é sempre arriscado. Um álbum de sonetos, por exemplo, é simples de reter sob a ótica da forma estável, mas pode ser complexo entender a lógica e a disposição de seus raciocínios. Já um volume de versos livres sobre cenas urbanas demanda entendermos simetrias ou assimetrias rítmicas, embora o sentido das imagens cotidianas seja de pronto aprendido.

Nenhum nem outro caso se aplica ao *Objeto Selvagem: poesia completa* (1977) de Mário Chamie (1933-2011). O livro não guarda identidade quanto ao uso de técnicas poéticas, ou seja, aqui não se achará uma coleção de sonetos italianos, nem a prática ostensiva do verso liberto dos metros clássicos. Também não se define um foco especial a certos temas tradicionais à poesia de qualquer tempo, como a experiência filosófica a partir do amor ou a finitude da vida tratada religiosamente. O livro, ainda, não traz o título de *reunião* ou *obra reunida*, utilizados para enfeixar muitos livros individuais de um autor, que assim podem ser lidos em conjunto, apresentando mesmo o roteiro do escritor até aquele ponto ou até o fim de sua vida literária. O presente livro até desempenha essa função frisada no subtítulo, importantíssima em se tratando de livros de poesia, em geral com baixas e mal distribuídas tiragens. No final da década de 1970, a obra reapresentava ao público uma produção de vinte e um anos, que o poeta delimita entre 1951 e 1972.

Chamie decidiu intervir no que seja esse objeto editorial chamado, convencionalmente, *poesia completa*. Tais volumes tendem a ser algo como a doma de um material não raro disperso, mal revisado e até inédito, ou seja, o autor e/ou o organizador aproveitam para domesticar, editorialmente falando, um conteúdo que pouca gente pode ter completo em mãos e para criar, do ponto de vista crítico, ao menos a sensação de trajetória ou de unidade. Ora, tanto o objetivo de dar *corpo* ou *organicidade* a essa poesia estão tensionados na palavra *selvagem*. O campo semântico comum em torno do vocábulo serve para nomear algo não cultivado, não civilizado, afastado da urbanidade, rústico e grosseiro, sem caráter definido, num sinônimo, *desorganizado*. De saída, está claro que Chamie criou uma alegoria pelo avesso do termo, isto é, quanto mais o poeta resolva organizar sua obra criada ao longo dos anos, menos o resultado poderá ser abraçado, em sua plenitude, pela percepção do leitor. Eis o paradoxo: ao cabo da organização racional das partes antes separadas, resta ainda um todo talvez ainda mais selvagem que seus pedações isolados, posto que a ordem complexa dependerá de quem a leia e retenha.

Em regra, a literatura está associada ao cultivado, daí a ideia de *jardim* para antologiar aquilo que, em determinado momento, considera-se a *fina flor* de determinado grupo de gêneros, como a *Guirlanda de Meleagro* (séc. I a.C.), ou mesmo de toda poesia de uma país, assim o *Florilégio da Poesia Brasileira* (1850), organizado por Francisco Adolfo de Varnhagen (1816-1878). Aqui, no entanto, a selva liga-se à inovação, ao produzido com arte, não mais a noção do que seja natural no mundo. Na tradição clássica a poesia culta está para a agricultura como a língua oral espontânea está para a mata selvagem. É a antiga oposição aristotélica entre natureza inculta, inferior porque sem ação da inteligência humana, e arte cultivada, superior porque melhorada pelo homem. Então, como um objeto de cultura, portanto artificial, poderá ser ao mesmo tempo selvagem? É o binômio que Chamie procurar superar, cada um dos livros anteriores ao volume de 1977 operando como uma cabeça ligada a um só tronco poético, unificado pelo que ele nunca deixa de lidar: a *máquina do mundo social*. Por que é disso, no fundo e sempre, do que trata cada um destes poemas, do mundo moderno mais eficiente em fabricar a barbárie, do que em promover a justiça social e a paz entre as nações.

II.

Espaço Inaugural (1955), estreia em livro de sugestivo título, caminha por múltiplas possibilidades espaciais, principalmente pelo lugar da poesia como inauguração do humano. Espécie de revisão da urbanidade renascentista, em que a cidade planejada alegoriza a própria civilidade, com a geometria das ruas e prédios a refletir a complexidade do homem autônomo, temente a Deus, mas sem querer ser mero títere de Seus desígnios. A cidade ideal deveria desenhar-se como um poema harmônico de pedras, mármores e azulejos, e não ir se empilhando espontânea, curral para o proletário estropiado, pardieiro do arrivista aburguesado.

Espaço Inaugural

(...)
Na hora do homem
em casa.
Na hora do homem
na rua.
Na hora do espanto
desse homem
sem tempo
no espaço de cada canto.
(...)

O *espaço interior: urbano* poderia ser solar e civil, mas espelha a cidade trevosa real, uma civilidade arquitetada como granja de homens e mulheres. O momento, de fato, era de projetar cidades ou de reconstruí-las aos montes depois da Segunda Guerra Mundial (1939-1945). Mas por baixo das plantas visíveis de cada cidade, manda uma noite autoritária a controlar o povo pelos pés, o ir e vir de seus passos segundo a divisão político-econômica da época (capitalista ou comunista) ou a adesão teleguiada de alguma doutrina de vida que, espiritualista ou sínica, vende apenas placebos psicológicos contra um mundo em tudo contável e tumultuoso. O martelo que serve à fábrica é o mesmo que serviria para tomá-la, não fosse o sono inconsciente da cidade vinte e quatro horas caverna anoitecida e vigiada.

A Treva e a Trava

(...)
Quem por dentro se escurece
(este é o povo em seu sono)
não diz a sua fala
não finge o fingimento
nem morde a própria raiva
no fundo de tanta noite.
(...)

Enquanto isso, o *espaço exterior: rural* é uma roça miserável – onde ainda morava a grande massa brasileira –, bem diferente da caricatura de certo modernismo, espécie de piquenique literário para rir dos caipiras sem educação. O campo precisa ser idealizado politicamente como local de trabalho cooperativo, que afastasse o homem da condição de rústico, do *vilão* da sociedade porque morador da *vila*. Como desmantelar esse binarismo que ora converte o humano em fantasma intelectual urbano, pelo esteticismo, ora em mão-de-obra invisível, pela mais-valia que mal apaga a força de trabalho por trás de cada coisa consumida, seja um saco de feijão ou filme da Companhia Vera Cruz. No contrafluxo da migração que transformaria o Brasil, a partir da década de 1980, num país predominantemente urbano, o poeta pisa as entranhas da nação, inclusive desenhando um ritmo mais laboral, de quem canta o trabalho da gente que ara, planta, colhe e descaroça o milho.

Porque quem vive opresso pelas trevas, ainda pode preservar "o sol de dentro". Nessa encruzilhada se encontrava o país, a cidade escancararia a roça colonial, o campo esconderia a urbe revolucionária.

Lavradores Fantasmas

(...)
Mais por irmãos os adivinho
entre os pastos de seus passos
pelo verde dos caminhos
que as invernadas do medo
apagam sem mais segredo.
Por vezes, acima do espanto,
já os concebo. Em murmúrio
no escuro, cantam escassos
hinos, mágoas lerdas,
moroso mel de podre fruto.

– Esses fantasmas de sonho e susto.

(...)

Configurações (1956) é o primeiro dos dois inéditos juntados ao *Objeto Selvagem*. A brevidade do opúsculo funciona como galeria de *personas*, desentranhadas do "espaço da memória" antes nacional que individual. Novamente, a metáfora arquitetônica serve à composição poética, agora para seriar arquétipos do país que, se modernizando na superfície, recalcava um verdadeiro museu colonial por debaixo de largas avenidas, aterros e parques fabris. Ao costurar sua obra, feito o soldador que liga as chapas de aço, o que vê o poeta no espelho? O povo ao mirar a si mesmo encontrará a fantasia patriótica ou a fome implacável de tudo? Chamie não apenas pensa o poeta dentro da ética do trabalho, mas o enfileira entre os trabalhadores comuns, algo, aliás, mais conectado ao cancioneiro popular do que à tradição dos literatos, em geral bons filhos da elite mandatária, para qual o verbo trabalhar só podia ser conjugado por escravos e, depois, gente subalternizada. Os versos de abertura cadenciam-se mesmo no jogo entre estrofes e refrões variados, ambos a partir de segmentos anafóricos, "não se pode" num caso e "o rosto que" noutro. Tal estrutura, na verdade, enforma quase todos os poemas da galeria.

Olho no Espelho

Não se pode colher
pedaços de lembranças
na planície deste espelho.

O rosto que se olha
se confunde nos desejos.

Não se pode quebrar
em cacos o cristal
desde segredo

O rosto que confunde
mais se enreda em seu enredo
(...)

No "quadro de perfis", o primeiro é o rico decadente, que perde as posses e títulos, mas "guarda a casaca / de aristocrata. Hermógenes, o velho nobre, termina num asilo ruminando os palácios da sua estirpe desaparecida. Depois vem João, o abestado melancólico recolhido em cantos (das casas ou da poesia), alheio "a luta de classes, a praga da roça". Nada sabe de nada, das causas ou consequências do seu entorno, "puro, ouvindo a canção do leite" é facilmente conduzido. E aparece Alcebíades, o cangaceiro fora da ordem que, por não engolir "as pílulas / da castração" nem abaixar "sua espada em úmida bainha", precisa se retirar "pelo sertão". O revoltado que se exila ou se marginaliza sem destruir o *status quo*. Já André está tão privado de possuir as coisas e valores da cidade, que deseja tudo, "fulminantes manchas de sonho" que parece sumir ao menor toque. "O rosto seu de operário em sua tela" resta impassível, conformado, um "peso neutro" que flutua feito fantasma social. Antônio de Rapina, domador de papagaio, talvez alegorize o artista domesticado, sua obra ventríloqua de ideologias que ele apenas ecoa em troca da gorjeta ou da mínima atenção. Mas Heleno Mostraviga, o anarquista, sabe disso, mascando "o feno / da ideologia, / doce veneno / de sua vida". E como amar é preciso, em "Diálogo Amoroso", Joaquim e Maria, talvez o trabalhador vulgar e a dama que exige termos cultos mesmo durante o sexo, terminam sem hierarquia, deitados na horizontal "do duplo espelho / corpo a corpo / pelo no pelo."

Desfilados aos arquétipos, resta o poeta-cidadão na encruzilhada das possibilidades ou na cadeia das dúvidas. Para além desses personagens retos, é preciso considerar a gente curva, capaz de modelar no presente um outro futuro que, efetivamente, enterre o museu sempre pintado de novo. Note-se, é o próprio poeta que, "fechado no cofre", deve explodi-lo, torcendo o olhar para entender que povo é esse que resiste. O poeta se assujeita ao povo em lugar de objetificá-lo em imagens preconcebidas. O Teatro de Arena de Augusto Boal (1931-2009) e Gianfrancesco Guarnieri (1934-2006), o Cinema Novo de um Nelson Pereira dos Santos (1928-2018) ou Carlos Diegues (19480-) ou a música produzida no âmbito do Centro Popular de Cultura (1962-1964) tiveram um encontro marcado nessa esquina. Aliás, essa metáfora espacial, a partir do final dos anos de 1960, daria nome a um dos principais movimentos poético-musicais do país, o Clube da Esquina de Milton Nascimento (1942-), Márcio Borges (1946-) e companhia.

A Esquina
(...)
Nesta cidade
um povo, além de tua imagem,
se move sob o mesmo raio
                                        o mesmo jorro
                                        o mesmo olho.
A roupa com que te vestes
se suja. A explosão
que te faria brilhar

por um instante em pleno dia
                                        se retrai.
Estás fechado no cofre
de tua pele, na pele de tuas
vestes numa só tecida teia.
(...)

O Lugar (1957) prossegue pensando a poesia numa relação geopolítica, notadamente, no contexto brasileiro, entre as cidades em franca expansão e os campos em rota de esvaziamento. Dos anos de 1940 até a década de 1960, o país viveu sua primeira época de ouro na construção civil, por exemplo, com a criação da Associação Brasileira de Normas Técnicas (ABNT) e o domínio das tecnologias do concreto armado. É considerável o número de cidades planejadas ou reformadas no período, com obras em uso até hoje. A construção de Brasília (1956-1960) e as reformulações da Capital Paulista marcaram o imaginário do período, revelando que os debates em torno da poesia *concreta*, para além do foco no *construtivismo* imanente à poesia, dialogava com a realidade física e social em transformação desordenada no atacado e projetada no varejo. Assim, a própria noção de lugar ou *topos* passa a ser, em Chamie, a metáfora de busca e não mais de estabilidade. Parafraseando o famigerado grito de protesto do *Manifesto Comunista* (1848), ele abre esse livro convocando os poetas a unir seus uivos, "origem da fala poética", para fundar a cidade das palavras que deve ter seu lugar na nação: a poesia que não pode ser apenas letras silenciosas ou "coisas mudas". Troca-se o universalismo contido em "proletários de todos as terras, uni-vos!", por algo nacionalista, não escrito explicitamente, como "poetas de todos os rincões do país, uniuivo!"

Uniuivo

(sobre a origem da fala poética,
grito e uivo de contida fera no
silêncio das coisas mudas)

1.
Volumes esparsos, as coisas, tentam se unir.
Se chamam no espaço, unido uivo.
Fiéis aproximam-se mas o vácuo intercede.
Intercedem alpes que álgidos sufocam
a área para o seco uniuivo.
(...)

"O lugar do homem urbano" é o ponto de chegada, como se todos os trens do mundo chegassem a essa urbe de onde, inclusive, o poeta fala, a qual podemos chamar de São Paulo. Essa cidade vista como babel, a dispersar identidades e massificar culturas, por isso mesmo estimularia o cidadão a mergulhar no seu íntimo. Pouco importa a face ou destino dos passantes, vale compreender as pegadas impressas pelo "homem da rua" que "caminha / em nós". A cidade vem a ser a extinção da liberdade, a inscrição sumária num projeto cuja formulação não contou com nossa participação. Era um período democrático entre dois regimes autoritários (o Estado Novo e Ditadura Militar), mas a sensação era de estarmos todos vigiados, guardados num gigantesco campo de concentração urbano. Conseguirá o poeta acordar sua gente, "vasta galerias de sombras", sobre essa opressão, exigindo a participação nos rumos do país para muito além dos dias de eleições? O poeta conhece e dúvida de sua missão.

Guarda
(...)
Por quem somos guardados?
Qual a dupla face
em seu disfarce?
Se pelo sim, se pelo não
Quem nos liberta agora
desta prisão?
(...)

Já "o lugar do homem do campo" é um ponto, paradoxalmente, em trânsito, pois seu corpo se instala na cidade e suas memórias continuam enraizadas em seus valores autênticos. Ora, essa é a própria rota de sucesso da música caipira paulista. Composta, em geral, pelo migrante da roça, ela é produzida e industrializada na capital para ser vendida aos ouvintes do interior, que com ela se identifica pelo cotidiano vivido, e também para o tangido de sua terra. Esse vai chorar a saudade da vivência perdida com ouvido colado no rádio, duetando com Tonico e Tinoco (João Salvador Perez, 1917-1994; José Salvador Perez, 1920-2012), pois "a chegada que o trouxe não apaga / o fogo dessa ferida", como canta os versos de "Chegada". Chamie não se interessa pelo pitoresco do caipira, mas pela potência memorialística desse migrado, em grandes cotas, pela violência e pela falta de projetos para o campo. Esse homem produtivo no arado, garboso sobre o cavalo e afinado na viola, personagem sem o qual não haveria um *Grande Sertão: Veredas* (1956), é o acervo vivo do descaso para com as pessoas, deslocadas pelo vasto território ora para levantar paredes, ora para colher safras, ora para operar prensas hidráulicas e furadeiras. Sujeitadas, desumanizadas, apartadas de seus valores, terras e parentes para concretizar projetos de desenvolvimento dos quais não recebe nenhum dividendo a não ser o ordenado de fome.

Exercício da Memória
(...)
Nesta roça,
vago exercício sem escolha
é o jogo da desforra.
Entre a fauna e a flora
a dança que se dança
na lenta câmara da insônia

traz à tona agora
a morta vida de outrora:

grama, palha, légua
        sexo de fêmea
        trégua de homem
        trégua de fera
        entre a raiva
        e a flor amena.

(...)

Por fim, "o lugar da origem" escapa da geopolítica para a mito-história ou para místico-ciência. O presente do homem se pensa no espaço, enquanto a quintessência da humanidade se perde num tempo tão imemorial, que só a fábula para dar conta. "O arabiano", primeiro da seção, traz a astronomia islâmica disposta em almanaques. Um dos centros desse conhecimento foi, justamente, o sul da península ibérica, cujo legado cultural desembarca no Brasil a partir de 1500. A matemática pitagórica, circulante na velha Grécia e no Oriente Médio, serve para discutir a "linguagem numérica" em "Rama e Alga". A devoção pela Virgem Maria, popularizada durante a idade média europeia, ecoa em "A Bandeja". O jogo oracular do Tarot surge com um de seus arcanos maiores, "O Louco", o exótico falador da verdade reta, em "sua demência / severamente lógica". Toda essa ciência dos mistérios, irresoluta entre *mythós* e *lógos*, dão o colorido medieval, aqui jamais uma idade das trevas, de *O Lugar*, sintetizado em "Horóscopo", quando o poeta escreve: "esta é a origem, / a ronda em onda / na mesma corrente / solar da criação". Desfechar um livro político nesse tempo-local enigmático, talvez seja o modo de Chamie dizer que a razão social da poesia deve ser cultivada, mas sem jamais apagar sua mística, o mistério inesperado, o dado de sorte, pois a poética não substitui a política, muito pelo contrário, embaralha suas cartas para lhe desautomatizar as figuras.

Os Rodízios (1958) amplia o reconhecimento público e institucional de Chamie. O livro foi publicado pelo Clube de Poesia de São Paulo, sociedade fundada em 1945 para promover debates na imprensa, traduções, eventos e edições que propuseram inovar a poesia brasileira, em geral, revendo o modernismo de 1922. Repararam o que seria falta de rigor técnico e demasiada dessacralização da língua poética, com posições variando de radicais a moderadas, daí nomes tão diversos se ligarem ao grupo conhecido como Geração de 45. Por ali passaram Péricles Eugênio da Silva Ramos (1919-1992), João Cabral de Mello Neto (1920-1999), Ledo Ivo (1924-2012), Haroldo de Campos (1929-2003) e tantos outros. Poetas que, diferentes entre si, cultivavam a construtividade do texto, o estudo da arte poética como aprimoramento da composição, a formulação teórica das ideias postas em ação, o trabalho de leitura crítica e tradução. O volume, ainda, ganhou o Primeiro Prêmio Nacional de Poesia – São Paulo.

A ideia de galeria como espacialidade ou seriação é cara ao poeta, que, em muitos momentos já mostrados, faz uma espécie de curadoria orientando os passos do leitor. Nos livros anteriores, os poemas podiam funcionar como quadros fixados, pelos quais caminhamos. Aqui os poemas também querem se mover, por isso a sensação às vezes de vertigem, do leitor que precisa ir e voltar os olhos pelas folhas, repensando a sequência, buscando um sentido quase nunca resolvido na página. A experiência do andar olhando a roda-gigante, o moinho, enfim, um rodízio algo cinemático, foi reutilizada em *Domingo no Parque* (Gilberto Gil, 1942-) e *Roda Vida* (Francisco Buarque, 1944-), canções que disputaram o III Festival da Música Popular Brasileira, da TV Record em 1967. A chave dessa proposta não se revela no pórtico, mas quase ao fim do livro, nos versos de "Rodízio do Corpo", onde a voz poética esclarece e se escurece feito um carrossel de seres, coisas e tempos. As restrições anatômicas dos olhos, que condicionam os modos de olhar, precisam ser desnaturalizadas e superadas: "Necessário que o físico (cabeça, / feixe de ossos e ágeis peças) / permaneça rodízio senão moto- / contínuo onde ruas sejam o foco". Observar a cidade, nesse sentido, é não obedecer a suas determinações de linhas e formas.

Na seção "os ofícios", surge o quarto enquanto cômodo para o sexo literal, e também a metáfora da poesia que é também extravasamento erótico. O sexo aqui tem o dom de arrancar os seres das trevas do trabalho exploratório ou da anestesia da religião, seu primeiro resultado é o dar à luz aos próprios sujeitos da conjunção carnal. A gestação do poema só é possível graças a esse desejo criativo, por isso o poeta aparece aqui como parturiente de poemas. Curioso o correlato poeta e maternidade, em lugar da romântica sobreposição entre o artista criador do verso e o Deus criador do universo. A mãe, musa parideira, é, portanto, a inspiração da poética ritualizada em invocação (reza), preparação (sexo) e renovação (nascimento).

O Poeta Vê seus Pais
(...)
– O esforço, mãe, das pernas
que invocam à terra santa
alfanje, nozes, serpes bentas
se fugias já materna.

Materna geraste benzedora
o filho além do teu lugar
remanescente. E o filho quer
teu filtro de retorno agora.
(...)

Na parte "da migração", o poeta vai exilado de sua terra cultural, destronado do palácio literário, esses lugares idealizados ao longo do século XIX, quando a poesia se autonomiza da religião ou da política. Contrária a avaliação apressada de que os da Geração de 45 defendiam uma espécie de *arte pela arte* fora de época, eis a reflexão de Chamie: o poeta é alguém em luta com seu meio social, ainda que derrotado nas teses políticas, deve vencer nas antíteses estéticas. Chama atenção a assunção do campo como sacrário da civilidade e a cidade como barbárie. Inverte-se a lógica renascentista, já caudatária do antigo pensamento ateniense que opõe o cidadão da ágora ao homem cheirando à gado. Assim, numa urbe tão monstruosa, violenta, gasta e estéril, o campesinato guardaria um acervo metodológico, afinal, o domínio da terra com seus processos e ritmos foi o que salvou o homem da dependência sedentária, milênios antes da invenção da escrita e da engenharia civil.

Migradores
(...)
Aprendei o ordenho, a grama, o pasto
e nada busqueis do solo sarjo e gasto.

Mesmo

o pneuma ático do poema e efígie
morreram, migraflores, n'alma *civilis*...
(...)

Na parte final, "o quarto", observamos como *voyeurs* a mesa ou posto de trabalho do poeta assalariado ou diarista, já sem o benefício das Musas ou a unção da Igreja. Trata-se de ocupar um emprego dentro da máquina fabril, uma ocupação entre outras do mercado de trabalho capitalista, cujo valor da mão de obra é aferido pela quantidade, não pela produção duradoura do simbólico. Daí a venda da alma poética, em "Anima Mea", para a infernal *mais valia.* As estrofes numeradas, iniciadas com tópicos frasais, remetem à ordem de serviço. Os versos quebram a sintaxe natural, espaçam os termos latinos, dão a sensação de estafa, de que o poema não suporta o que diz, como ao operário é atribuída a lista inexequível de tarefas. O poeta finda à míngua, sem a esperança salvífica ("pomba"), alimentado só pelo suor a brotar de seu trabalho, esforço que sugere as minas de carvão da Revolução Industrial.

Anima Mea
(...)
5 – *Mea.* O breu sente água no dorso de carvão
Onde, olhos sujos, dorme a pomba? (Pesada água,
rouco na alma, duro coro.) Onde? Pesadelo. Arrepio
na mesa, chove sobre o rosto que se afoga, sobre
o rosto que se banha e morre
in mea noctambula noce.
(...)

III.

Lavra Lavra (1962) é, sem dúvida e por várias razões que apenas esboço, a cabeça mestra de *Objeto Selvagem* e, no fundo, de toda obra de Chamie. O livro vem a luz como realização poética do Poema-Praxis, trazendo seu "manifesto didático". Era a ignição de uma vanguarda que vinha disputar a bola com pelo menos outras três: o concretismo, o neo-concretismo e, depois, o poema-processo. Muitos manuais e artigos, aliás, só concebem o trabalho de Chamie dentro dessa arena de embate, não raro tomando partido do concretismo, a corrente tornada dominante na imprensa, na universidade, no mercado editorial e mesmo no imaginário público. Claro, uma das características das *vanguardas* históricas é a luta pela hegemonia, pela conquista e até silenciamento das visões divergentes. Não é casual que o termo venha do universo militar, que supõe beligerância deflagrada, cultivo da animosidade e vitória de um dos lados do fronte. Os estudos ditos especializados, que deviam guardar certa neutralidade na lida com conflitos, comemoram o fama do antropofagismo de Oswald de Andrade (1890-1854) por cima do verde-amarelismo de Cassiano Ricardo (1895-1974) ou a popularidade do concretismo de Décio Pignatari (1927-2012) sobre o praxismo de Chamie. Há farto material para ler *Lavra Lavra* nessa chave, inclusive produzido pelo próprio Chamie se defendendo do partidarismo crítico. Nessa apresentação, no entanto, apenas indico tal caminho que não tomo, preferindo pavimentar o roteiro de leitura desse material, a meu ver relevante e, como a maior parte da produção poética brasileira de qualquer tempo, a espera da apreciação antes rigorosa, ainda que lacunar, do que sectária.

Lavra Lavra é o livro mais comentado e citado do escritor, tendo ganhado o Prêmio Jabuti de 1963, na categoria poesia. Com apenas trinta anos de idade, Chamie se consolidava no cenário nacional, sendo premiado ao lado de nomes como Cecília Meireles (1901-1964), Tradução de Obra Literária, Marques Rabelo (1907-1973), Romance, José Aderaldo Castelo (1921-2011), História Literária ou Jorge Mautner (1941-), como Autor Revelação. Com seu posfácio datado de outubro de 1961, ainda, o poeta intervém na larga tradição de reflexões crítico-teóricas conectadas a uma obra literária, pois além de postar o "manifesto didático" ao final, nos deixando soltos à primeira leitura, subtrairá o texto de *Objeto Selvagem*. Muitos desses textos, gestados para assessorarem a compreensão de um volume de verso ou prosa, ganharam autonomia, sendo às vezes mais comentados que as obras que introduzem, assim o prefácio do drama *Cromwell* (1827), de Victor Hugo (1802-1885) ou "Prefácio Interessantíssimo" da *Pauliceia Desvairada* (1922), de Mário de Andrade (1893-1945). E há reflexões que, separadas na publicação, devem ser consideradas em paralelo na apreciação crítica, assim com os versos de *Raça* (1925) e a tese *Ritmo, elemento de expressão* (1926), de Guilherme de Almeida (1890-1969).

Vale considerar todo esse tipo de material em si ou como acessórios aos volumes literários, sem que o crítico se converta em mero fiscal de conferência, pois o que o poeta programa nem sempre sai a seu desejo. Sintetizo aqui três pontos centrais do manifesto para se somarem ao instrumental que já venho mobilizando desde o início desta apresentação. Convém destacar, antes, que tanto os poemas como o posfácio *Lavra Lavra* produzem um efeito teleológico projetivo e retrospectivos na obra de Chamie. É que os livros anteriores parecem, agora, preparar o volume de 1962. Uma pesquisa de mestrado, por exemplo, poderia comparar as edições originais com as versões de 1977, conferir se as revisões do autor vão ou não nesse sentido. Ao mesmo tempo, os livros posteriores vão surgindo como ramos naturais do tronco inaugural, novas flores cultivadas dentro do viveiro que é a empresa praxis, a qual também vai recebendo *upgrades* de Chamie, os principais reunidos nos dois volumes de *Instauração Praxis* (1974). Outra pesquisa, agora de doutorado, poderia acompanhar como a técnica poética caminha junto às reflexões teóricas, comparando o que retroalimenta o que e como, aquilo que medra e aquilo que morre.

O manifesto apresenta certa argumentação acadêmico-científica, marinada ao estilo ensaístico e com notas literárias, notadamente no modo de exemplificar com imagens e até certo humor. Pelo menos desde o formalismo russo, a partir da década de 1910 houve o empenho dos estudos literários e linguísticos de se fixarem como ciência, criando métodos de análise replicáveis, particionando objetos, desenhando mesmo novas sub áreas do saber. Tal esforço para entender a linguagem literária ou oral como fato imanente, ainda que integrado à sociedade, à história ou à psicologia humana, é sentido no *new criticism*, na nova estilísticas e sobretudo no estruturalismo. Muitos poetas do período eram também cientistas da linguagem, por assim dizer, sem necessariamente desenvolverem carreira universitária com dedicação exclusiva. É preciso ter esse panorama em mente para entender o que se passará na trajetória de Chamie a partir da instauração da poesia práxis como metodologia complexa, subdividida em três partes chamadas por ele de atos, porque supõe agir prática e ideologicamente no homem, na sociedade e na arte. A estrutura tripartite desse método é circular e depende da dialética hegeliana, a qual sustenta o próprio materialismo histórico. Chamie a aplica mesmo nas divisões de *Lavra Lavra*, cuja tese é a *Lavra* (o campesinato ciente das necessidades de subsistência), a antítese o *rodopel* (a revolução pela consciência de classe do campesinato) e a síntese a *Lavra* (a domínio da terra e da produção pelo campesinato).

O *ato de compor*, como razão técnica da poesia, é a tese da poesia-práxis subdividida, por sua vez, em três partes. A primeira quer abarcar a semântica do texto, estabelecida pela mancha gráfica do poema, o "espaço em preto" que parte da experiência de leitura na página, a qual vale menos pela espacialidade predominantemente branca e silente, do que pelo "projeto semântico" que se desenha. Toda palavra aí disposta é em si unívoca, mas agitada pelo campo semântico do poema e pelo leitor, carregado de intenções e contextos, passa a ser multívoca e até equívoca. Daí a segunda, chamada "mobilidade inter-comunicante", que supõe a colaboração do leitor, a projeção de suas ideias ao mover os olhos pelo texto, sem a qual restaria ele hermeticamente impenetrável. Chamie, assim, restabelece para o literário sua raiz oral, que nem a poesia visual logrou apagar. Ele afirma que *Lavra Lavra* é um livro "sem verso", que as linhas seriam "unidades de composição" que não veiculam "um discurso rítmico-linear" do verso tradicional. Ora, a proposta de que as palavras flutuem seus sentidos no texto, é comum a poética oral, cujo verso não é linha nem palavras unívocas, mas partes constitutivas da gramática (fonológica, sintática e semanticamente) que todo poema instaura. Essa seria, justamente, o terceiro aspecto do primeiro ato, o "suporte interno de significados", convocando o leitor a entrar em verdadeiras órbitas fonéticas e semióticas. Tal concepção ecoa as formulações de Ferdinand de Saussure (1857-1913), para quem a fala é fato individual dentro do sistema social que é a língua. Mesmo simples, um ato de fala condensa dados acústicos, psíquicos, antropológicos e semânticos, que nenhum código escrito consegue reproduzir. Assim, o escrito quando dito, mesmo que mentalmente, acionaria a fala individual que, por seu turno, se conecta ao corpo social quando dita, ouvida e respondida no poema, que só é coloquial porque nos faz falar juntos.

A *área de levantamento da composição*, como razão social da poesia, é a antítese do poema-práxis e procura equacionar um velho problema. Com um território gigantesco e ainda hoje pouco conhecido e acessível, pois os meios de transporte no Brasil sempre foram precários, conhecer as realidades naturais ou sociais distantes das capitais, quase todas litorâneas, é desafiador.

Como as muitas versões de nosso nacionalismo, desde a Independência (1822), jamais divergiram sobre ocupar, explorar e significar esses vastos espaços, os artistas se ocuparam de figurar esse país considerado obscuro ou bárbaro em poesia, prosa, teatro, música, artes plásticas e cinematográficas. Por trás da crítica dirigida ao escritor de escrivaninha vivia a ideia de que era preciso conhecer *in loco* o Brasil para compreendê-lo e representá-lo sem falseá-lo. Nisso, Chamie esbarra noutra questão espinhosa, a da *mimesis* que, para ele, não pode se resolver em "puro esteticismo", isto é, a consciência objetiva da realidade nacional selecionada deve ser trabalhada numa subjetividade politicamente revolucionária, visando alterar injustiças e atrasos estruturais. O poeta precisa sair a campo como etnógrafo munido de método e, sendo criador agora implicado naquele ambiente, propor uma poesia autoetnográfica, algo hoje em voga, por exemplo, entre pesquisadores indígenas que conquistaram a dignidade de fazer mestrado e doutorado sobre sua própria comunidade.

O campo objetivo de *Lavra Lavra*, não verbalizado no manifesto, é o pequeno município de Severínia, região de São José do Rio Preto, a 430 km da capital paulista. Chamie lá morou a serviço em 1959, como delegado de polícia, e pôde fazer seu estudo de caso sobre os conflitos rurais. Segundo o censo de 1960, do Instituto Brasileiro de Geografia e Estatística (IBGE), a maioria dos brasileiros habitava o campo, cerca de 54% do total. Rio de Janeiro e São Paulo eram os únicos estados com população urbana prevalente. São Paulo, já o maior contingente da federação, tinha cerca de 38% dos viventes em zonas rurais. Chamie sentiu o violento contraste entre a capital, onde se formara em Direito, para a Severínia, à época com 7.116 pessoas, sendo apenas 1.442 morando na cidade. Assim é que o método científico escora a arte poética, do contrário resultaria em obra de sociologia aplicada sobre o campo paulista, como *Os parceiros do Rio Bonito: estudo sobre o caipira paulista e a transformação dos seus meios de vida* (1964), de Antonio Candido (1918-2017), cuja "área de levantamento" foi o município de Bofete, região de Botucatu-SP.

O *ato de consumir*, como razão utilitária da poesia, é a síntese do poema-práxis, sua finalidade (*telos*), como a salvação celeste para o cristão ou a sociedade igualitária para o comunista. Aqui se explicita o emprego marxista do conceito de práxis (*práksis*), que parece ter chegado a Chamie via Jean Paul Sartre (1905-1980), com quem dialoga diretamente no manifesto. De todo modo, para Karl Marx (1818-1883) e Friedrich Engels (1820-1895) a práxis é a intervenção consciente no mundo real, condicionado pelas dinâmicas de indústria e comércio, visando destruir a divisão de trabalho na base da sociedade capitalista. Ou seja, no comunismo ninguém seria instado, para sobreviver, a se especializar como pescador, operário, pastor ou crítico, alienado da coletividade, mas poderia exercer outras ocupações, na medida que a produção geral de bens estaria garantida a todos, e não a serviço de uma minoria senhora das terras aos bancos.

Daí a crítica de Chamie aos escritores, vanguardistas ou tradicionais, que pensam apenas dentro dos "limites estritos da literatura", laborando "*ao lado* da sociedade e não *com* a sociedade", portanto reforçando a divisão do trabalho alienante e a inutilidade da poesia. Ele ataca, primeiro, "a compensação onívora da pesquisa", que seria a fetichização da busca por "seriedade", "contribuição" e da fixação de escola que mascararia, justamente, a ausência de obras que sirvam para alguma coisa além do "*na* e *para a* literatura". Depois, confronta "o ritual da bibliografia" que vende listas de autores a partir de supostas identidades técnicas – aqui o alvo é sobretudo a linearidade do *paideuma* concretista – sem pensar no sentido prático da literatura sobre os indivíduos e a sociedade.

O poema-práxis, portanto, não carecia do "salto participativo", porque nascia engajado à ideologia revolucionária, segundo a qual a poesia deve ser útil à luta pela justiça social, como o feijão cultivado é para a nutrição e o sapato manufaturado é para a locomoção. Nesse ponto, aliás, Chamie e Ferreira Gullar (1930-2016) concordariam, recusando, como defendia o autor de *Vanguarda e Subdesenvolvimento* (1969), a "transferência mecânica de um conceito de vanguarda válido nos países desenvolvidos" sem o "exame das características sociais e culturais próprias" ao Brasil subdesenvolvido. Ou seja, a vanguarda seria revolucionária se brotada da crítica original à condição histórica doméstica em contato com a internacional, a forma inovadora resultaria dessa busca dialética, não do contrário.

A primeira parte, *Lavra – o poeta sai a campo*, repagina a antiga tópica do poeta como agricultor, desenvolvida, por exemplo, nas *Geórgicas* de Virgílio (70-19 a.C.) e que nos leva a falarmos em características da *lavra* bandeiriana ou drummondiana. Chamie não veste a pele do senhor fazendeiro em bucólico gozo, de Tomás Antônio Gonzaga (1744-1810), se posiciona do lado do caipira subsistente, de Carreirinho (Adauto Ezequiel, 1921-2009). Afirma-se o lavrador-poeta capaz de filosofar sobre sua condição. Trabalhar a lavra e a palavra com as mãos é necessário, como pensar a serventia da obra.

Em "Rural - 3", o poeta culto apreende com o roceiro inculto, que trabalha de meeiro em terra alheia, a desconfiar da divisão dos rendimentos advindos do solo. As horas gastas no arado ou na caneta são convertidas em melhor qualidade de vida ao trabalhador ou ao mandatário da terra e da gráfica? Na "divisa da safra", em geral, fica com menos quem obrou mais. Essa desarmonia social está sublinhada na própria mancha tipográfica, a qual desenha, entre o quadrado dos dísticos anafóricos, a pirâmide social invertida com os verbos no imperativo *olha*, *forja* e *falha*. O efeito de simultaneidade semântico-visual é sutil e, sem querer o valor de objeto autônomo, reenvia o leitor para a "falha" nossa de cada dia. A técnica não demora a inspirar desdobramentos, assim o volume *Palavra* (1963), quando em muitos poemas Armando Freitas Filho alterna dois planos paralelos, os blocos sintáticos, por assim dizer, com os vocábulos soltos da sintaxe formando, ao mesmo tempo, pequenos orbitais semânticos.

Rural

3.

Já é a escolha, o risco da lavoura.
A escolha do fruto, a divisa do solo;

olha forja falha

Já é a empresa, o risco da mantenha.
A empresa da gleba, a divisa da renda;

forja olha

Já é o esbulho, o risco do conluio.
O esbulho da lida, a divisa da safra

falha.

A segunda parte, *Rodopel – um rodopio que é um tropel*, carrega no título a ideia de revolver, remetendo tanto ao remoinho roseano, o destino demoníaco a espreita dos homens, quanto à revolução social a partir dessa lavra de papel. A vida rural é um campo de lutas sanguinárias, desde os tempos coloniais. A posse do chão determina a agricultura de subsistência, a monocultura de exportação; garante os empréstimos a juros baixos para ampliação de capitais, a prospecção dos minérios de médio ou alto valor industrial; possibilita o controle sobre braços e votos dos sem-terra. Por isso, discutir a reforma agrária no Brasil sempre foi tabu que terminou em chacinas e até em derrubada de presidentes. A morte sempre espreita quem reivindica a terra, muitos recebendo apenas a cova de seu cadáver em vez dos alqueires desejados para tratar da família.

Foi a sina de militantes das Ligas Camponesas, das primeiras associações de trabalhadores a serem fechadas pelo Golpe de 1964, e de muitos lavradores enterrados no *Morte e Vida Severina* (1954), de João Cabral. Nos versos de "Enterro", seção de "Do Rio ao Enterro" Chamie empilha, nas linhas horizontais, o significado de cada pá de terra (foneticamente reforçadas pela partícula "ão") sobre o corpo desse lavrador morto, a "findação do homem" jogando mais combustível sobre sua causa de permanece com os vivos. Assim, na linha vertical à direita da página, como bordão se ouve sempre o "leva", que o chão leva esse corpo, enquanto a palavra poética leva sua memória de luta.

Enterro

1 - Condição da treva: desmaio. O enterro leva
os pés à caixa. Um antes voo: a corça.

2 - Convulsão da terra: cascalho: O aterro leva
o pó à choça. Um antes sol: a roça.

3 - Comunhão da serra: espantalho. O santeiro leva
a fé à praça. Um antes som: a gralha.

4 - Exaustão de cera: cansaço. O coveiro leva
a pá à cova. Um antes mal: o homem.

5 - Findação do homem: agasalho. O desterro leva
a voz ao quase. A trave: um laço nó
na treva

Na terceira e última parte, *Lavra – o campo vai ao poeta*, a labuta do lavrador atravessa o labor do poeta. O poeta desnaturaliza os contratos econômicos vigentes no campo, revelando que, embora haja aí uma natureza a ser lida e manejada com conhecimentos ancestrais, como o tempo do adubo, ou tecnológicos, como o uso das máquinas de arar, o pacto social que mantém tantos na pobreza material e poucos no conforto da fartura à mesa é historicamente arbitrário. Essa é a lavra central do livro: as pessoas. Conhecido pelas lavras de ouro ou pelas lavouras de café, o principal recurso natural do Brasil, na verdade, são seus recursos humanos, sua massa de mão de obra faminta, mobilizada a cortar cana, construir cidades, pelejar guerras no estrangeiro ou montar carros que mal poderá adquirir.

Na fertilidade da terra espelha-se a mulher do campo que, somadas às agruras do homem, sofre das violências de quem pare: o corpo cobiçado por patrões e iguais, as gestações precoces e seriadas que lhe custam a saúde e até a vida, o luto pelos filhos não vingados nessa "área de levantamento" vitimada por altos índices de mortalidade infantil. Num país que tem por principal patrimônio o curral de mão de obra de reserva, a mulher é a geratriz de toda riqueza, pois para extrair o lucro do ventre da terra é necessário que a gente trabalhadora venha do ventre de suas mães, que Chamie lista na série "Adubo". Os poemas desta parte estão centralizados, algo fácil de obter no atual computador, mas que acrescia dificuldade tipográfica para provocar o sentido desejado. Como Chamie queria o ritmo da prolação em lugar do metro literário, constante ou livre, a formatação remete à máquina de beneficiamento de tomates. Os termos, feito legumes na esteira, vão se movendo pela página, e o olhar detecta o fruto maduro e graúdo, assim as palavras mais relevantes.

Adubo

5.

(...)

Irrigação, quando mulher, um tubo inunda
o valo:
mato entre mato adentro fecha
o ventre.
Flor e aresta, floresta
abrindo ontem opaco
espaço
hoje veio, veio vindo antes
vala rama
entre vaga sombra: ventre espesso
côncavo

de sombras entre braços, abraço
abraça e ama
a terra o seio
a planta.
(...)

IV.

Now Tomorrow Mau (1963) estabelece um diálogo crítico com a corrida tecnológica, disparada durante a Segunda Guerra Mundial e incrementada, em níveis nunca vistos, pela Guerra Fria (1947-1991). Estados Unidos e União Soviética, unidos para derrotar o inimigo comum nazifascista, agora mobilizavam recursos humanos e materiais, conhecimentos científicos inéditos para criar bombas devastadoras, foguetes e satélites para monitorar e ameaçar. Uma capacidade humana que ainda hoje, contraditoriamente, coloca em risco a permanência da espécie no planeta.

Dentro dessa competição atroz, a espionagem foi ferramenta útil a ambos, e para tanto necessitava-se saber em inglês o que a concorrência dizia em russo e vice versa. Daí as primeiras ditas inteligências artificiais se desenvolverem para traduzir e decodificar mensagens discursivas. Uma disputa satirizada por Stanley Kubrick (1928-1999) no *Dr. Fantástico* (1964) e que Chamie também ironiza em sete idiomas apontando que, no fim dessa partida, vamos nos dar mal, porque ninguém entende ninguém nesse processo de versões linguísticas imperfeitas.

Do ponto de vista da arte e da poesia, no entanto, os poemas curtíssimos no branco da folha, mesmo empregando tantas línguas, apontam para algo ausente, como uma exposição em que só houvesse as plaquinhas de legenda, sem quadros, esculturas ou instalações. Defensor do espaço preto na página, por que o poeta agora daria tanta ênfase ao branco? Para argumentar contra o velho *arte pela arte* atualizado em *arte pelo ego*, questionando o objeto plástico ou verbal como coisa fechada e satisfeita em si, recusando a práxis e, por isso mesmo, dependente de explicações crítico-teóricas babilônicas para justificar pesquisa, rigor formal ou contributo para o mundo das artes. Uma estética irrelevante às transformações sociais, máquina de dado (*data*) inútil, obra invisível sem operar como dado-feito de sentido virtuais, porque aberto ao consumo dos leitores, diferença que, de todo modo, Chamie também precisou explicar teoricamente ao longo dos anos.

2. NOW

(...)
OPUS EX MENTE MACCHINA
OPUS EX SILENT MAGMA

per opus
per dido
per dio
per omnia
però
per omnia

(...)

Indústria (1967) é a face urbana do projeto práxis. Chamie recalibra os três atos do manifesto publicado em *Lavra Lavra* a partir do último, quando a *área de levantamento* se especializa em algo como *área de levantamento oral* da composição. No atual manifesto, mais curto e também publicado como posfácio, o palco do conflito de classes é a fábrica, onde a relação empregado/empregador não cria no povo o senso de meritocracia, do vir a ser empresário, mas o estabiliza na condição subalterna de eterno "emprecário". A ascendência dos estudos linguísticos nas formulações do poeta ganha nitidez, pois a classe trabalhadora falará no escrito a partir da pesquisa de "enunciações sumárias" que, operem como língua sintetizada a partir do levantamento de sintagmas "de fala atuantes e vigentes em nossa comunidade".

A medida ideal é o *dito* popular, talvez pela força de norma formal e ideológica, capaz de processar um "osso do ofício" num *dictema* "o olho gordo do povo no osso". Trata-se, em verdade, de uma artificialização literal de um bordão, lastreado na língua oral e natural, que funcione como "fragmento completo de fala", desde que "mais do que uma palavra e menos do que uma frase". A fabricação desses segmentos de dicção faz do poeta o metalúrgico linguístico, torneando "super signos luminosos" a aprimorar o idioma, como o copo de inox vence as mãos em concha ao beber água. O poema deixa de ser apenas letras, fonemas, palavras e frases para soar um "textor", com a participação da voz e inteligência do destinatário.

Desde a década de 1950, Chamie vinha convertendo o livro em caixa de som e imagem, ecoando as mídias de massa como cinema, rádio e televisão. Afastava ele o poema-processo, que entendia como objeto autônomo alienado da área de levantamento, visto ou tocado na ilha da exposição ou do acervo, como o *Mortossos* (1966) de Álvaro de Sá (1935-2001). Elaborou, enfim, uma resposta sua aos questionamentos de Marshall McLuhan (1911-1980) sobre a experiência da leitura mecanizada a partir da normalização do livro de Johannes Gutenberg (1400-1468) desde a educação das crianças. Até o renascimento, o leitor se formava com habilidades oratórias e gestuais, com tempo para refletir enigmas do pensamento, não sendo só capaz de correr os olhos sobre linhas e linhas na superfície azulejada ou macadamizada da página impressa industrializada, empilhando volumes e, sobretudo com o século XIX, jornais e revistas. Ao jeito das vanguardas históricas, Chamie propõe a seguinte equação: "autor + leitor + texto = textor". Como o contexto seria ideologicamente intrínseco à composição e à recepção do texto, não há o binário texto/contexto, apenas texto instaurado. Interessante notar que se o *textor* baseado em *dictemas rurais* é observado em *Grandes Sertão: Veredas* e *Lavra Lavra*, os *dictemas urbanos* marcam o *textor* da prosa paulistana de um João Antônio (1937-1996), com *Malagueta, Perus e Bacanaço* (1963), e de *Indústria*.

O desenvolvimentismo da Ditadura Militar estabeleceu de vez o Brasil como economia capitalista industrial de mercado, sem buscar desmantelar as estruturas que levaram, e ainda mantém, o país no posto de coadjuvante das potências mundiais, sendo tão fornecedor de matérias primas quanto dependente de tecnologias, pensamentos e investimentos exteriores. Dentro desse quadro de pujança econômica calcada na miséria de milhões, qual seria a função da poesia? O da nostalgia positiva sobre um passado rural ordenado? O da melancolia negativa sobre o futuro que repetirá o presente urbano decadente? Num e noutro caso, seria aceitar a domesticação da palavra poética, ou como mística do idílio perdido vendido como placebo para a alma, ou como crônica consciente sobre o inevitável, também vendida como manufatura cultural.

A solução de Chamie é fazer da poesia uma linha de montagem contra a indústria, de vacina viral contra o vírus do lucro movido a gente descartada depois de esmagada nas engrenagens fabris. Assim, na primeira seção, "a empresa da palavra", o poema "Sim & Não" sintetiza o *dito* "pelo sim, pelo não", expressão de dúvida, no *dictema* "dizer o sim pelo não / dizer o não pelo sim", expressão de certeza acerca do poeta pelego que diz não ao povo, e sim à obra como mera mercadoria.

Sim & Não

(...)
a marcação do discurso
: o bobo poeta molusco.

o sem fim sem fim demagogo
do molusco
poeta bobo.

dizer o não/ para a horda
dizer o sim/ para a obra.
(...)

O poeta visita vários setores, da indústria pesada à indústria cultural de massa. Sempre pensa o trabalho do poeta em relação a cada ramo da economia, denunciando o uso violento da mão de obra em qualquer setor, inclusive o literário. Na segunda seção, "a empresa por setor / a indústria e seu vetor", nos versos de "Metalurgia", setor estratégico (pelos valores investidos), complexo (pelas tecnologias e logísticas envolvidas) e tenso (pelas relações trabalhistas numerosas dada sua grande divisão do trabalho), o poeta faz ecoar nos operários daquele tempo contemporâneo a escravidão da Minas Gerais coloniais. As picaretas e marretas da mineração arcaica foram substituídos por máquinas sofisticadas como fornos, caldeiras, prensas e fresas, mas os trabalhadores seguem tomando "pau na testa".

Chamie sabia que durante a Ditadura – que teve por meta arrochar salários e perseguir líderes sindicais para ampliar os dividendos dos capitalistas que apoiaram o Golpe de 1964 – as fábricas eram barris de pólvora. Em 1968, eclodiu uma enorme greve dos metalúrgicos em Osasco, na Grande São Paulo, liderada por nomes como José Campos Barreto (1946-1971), depois assassinado pela repressão. Os operários de empresas, algumas multinacionais, como Cobrasma, Braseixos, Lonaflex, Barreto Keller e Brown-Boveri foram violentamente reprimidos pela Força Pública de São Paulo e pelo 2º Exército. O poema, de algum modo, ajuda a visualizar as condições laborais contra as quais lutavam. O corte das palavras, a sintaxe e pontuação algo insalubre, tudo lembra a peça girando no torno, expelindo cavacos e deixando cantos vivos a ferir o leitor feito metalúrgico.

Metalurgia

indústria: o malho a manha
outra vez a mina da trama

a mina de Minas/os poços de caudas
pau e chita: bauxita explorada

indústria: metal lá vai o curso
a orgia do custo/ surto/o *u* do susto

metal orgia inda anda à meta
sub volve mento o povo: pau na testa
(...)

Propor uma arte à margem disso chama-se alienação. Chamie prefere atacar esse tipo de poeta do que conscientizá-lo, talvez por considerá-lo um caso perdido. De fato, conforme avançamos pelo livro, a sensação é que seria impossível pensar a poesia fora das dinâmicas da economia industrial, a não ser que o poeta vivesse numa realidade paralela mistificado pelo prazer de escrever e ser reconhecido por seus pares alienados como artífice. Não se trata, ao mesmo tempo, de demolir a torre de marfim do artista aristocrático, coloca-se fogo na tapera da ingenuidade crente na poesia artesanal ou caseira.

Na quinta seção, "a empresa artesanato / a indústria artenofato", o poema "Artesanato" satiriza os que lutam numa sociedade de aço com armas de "paina". Se fosse ainda a poesia adolescente rumo à maturidade, nada disso, são adultos brincando de criar algo inútil. Chamie, em muitos instantes, vaza essa irritação com o poema feito jogo ou arte lúdica. O povo que maneja o martelo ("artimalho") precisa também dominar a política estratégica ("artimanha"), monopólio dos donos dos meios de produção. Para a poesia praxis, portanto, não há a dicotomia ou literatura/ realidade, mas apenas "arte no fato", a poesia que sequer existe como tal sem se processar na área de levantamento agora também linguístico.

Artesanato

o artesanato – a hiena
na era tecnológica.

a l h i e n a.

*

a arte de paina
flor erótica
na era tecnológica.

mas que faina
que dura pena
?
se o artesanato
(hiena sem ótica)

alhiena
na era tecnológica.

povo/artesanato
dono/arte no fato

trabalho/o malho
indústria/a manha

povo artimalho
dono artimanha.

se o povo passa a arte no fato
morre o artesanato.

Conquista de território (1968) é o segundo dos volumes inéditos acrescidos a *Objeto Selvagem*, contando com apenas sete poemas. Pode-se ler o material como libreto de uma opereta sindical, pois para além da pauta e da argumentação socialista, os poemas obedecem a certa forma musical em três níveis: o rítmico-fonêmico com efeitos de simultaneidade, como preconizados na teoria do verso harmônico de Mário de Andrade, pode ser visto-ouvido em "Inventário": "dizes: / *o frio do aço.* / fazes: / *um rio sem barro*"; o versificatório que, às vezes deixado de lado nas formulações de práxis, circunda em torno da redondilha, mesmo quando as linhas poéticas se aproximam da mancha prosaica, como em "Dependência", segmentos de cinco, seis, sete ou oito sílabas métricas ressurgem na fala; o estrófico, quando os blocos de versos perfazem certos ciclos rítmico-semânticos que podem até funcionar como refrão, se houvesse a musicalização desses textos, assim, em "Herança", cantar-se-ia quase um samba à maneira de Tom Zé (1936-): "Todas as moedas no bolso. / Todas as moelas no esôfago. / Um baque. Um som. Um veludo / moroso". Talvez Chamie dialogue aqui com *Os lírios já não crescem em nossos campos* (1966), de Carlos Marighella (1911-1969). Editado clandestinamente por um militante e guerrilheiro, depois assassinado pelo Regime Militar, o livro também trabalhava esses três aspectos, mas sobretudo o terceiro, daí o subtítulo "sonata em três tempos – quartelo de inúbia, atabaque, berimbau e piano por um militante e guerrilheiro".

O conjunto de Chamie dramatiza, no fundo, a aquisição da consciência de classe, para confrontar a posse, o capital, os meios de produção cujo mando não pode ser considerado como fatal, mas produto do processo histórico da burguesia submetendo o proletariado. Conquistar terreno, nesse sentido, começa por nos conquistarmos a nós mesmos, nos resgatarmos da alienação, da mais-valia ou da anomia de classe em que nascemos, nos apresentada como ar natural que respiramos. Porque mesmo esse regime de opressão interna fica dependente do que Ruy Mauro Marini (1932-1997), em seu *Subdesenvolvimento e revolução* (1969), chama de "integração imperialista" externa, tendo como centro os Estados Unidos.

Assim é que os Regimes Militares, em toda América Latina, tinham suporte americano não para fomentar nações autônomas, democráticas, educadas e potencialmente concorrentes com o "centro hegemônico", mas para se manterem "centros sub imperialistas associados à metrópole" visando o desenvolvimento contínuo antes do centro que da periferia do sistema. No poema "Dependência", Chamie enumera diversas situações cotidianas de trocas econômicas, como "para ter minha comida (...) / dependo de minha renda", no entanto, a principal submissão é a da inteligência nacional, que depende das ideologias estrangeiras, como a poesia dita nova depende da estética pensada na França ou a metalurgia de alta-tecnologia carece das máquinas descartadas por Michigan. Eis o antagonismo com que o próprio Chamie lida, tanto para formular a poesia práxis, em diálogo com ideias forjadas nos antigos centros colonizadores, quanto para valorizar seu reconhecimento no exterior.

Dependência
(...)
para ter minha escola, o meu livro, o meu lápis, a minha vaga
dependo do desconto do meu juro, do preço de minha taxa.

para ter minha escolha, minha vontade, minha raiva, meu consolo
dependo de meu costume, de minha lei, de meu remorso.

para ter minha palavra, meu discurso, meu juízo, meu governo
dependo do estado de meu regime, da omissão do meu desejo.
(...)

Planoplenário (1974) traz na abertura uma didascália contra seu tempo, quando o Regime Militar, depois do período mais violento com o Governo Médici (1969-1974), alardeava sua vitória política sobre a oposição armada ou não e o famigerado Milagre Econômico (1968-1973), com forte crescimento anual do Produto Interno Bruto (PIB) sem que tamanha riqueza significasse, por exemplo, independência tecnológica, democracia participativa ou melhor distribuição de renda. Ao escrever "o plano deste / plenário / se situa / em qualquer lugar / da realidade / onde isto seja / possível", Chamie está dizendo que a democracia, pela qual tantos lutaram e até morreram, só era permitida naquele momento no plano das ideias ou no campo das artes, e, ainda assim, quando podiam driblar a censura. Não havia perspectiva de uma assembleia, constituída de representantes de toda a diversidade brasileira, que planejasse o futuro de desenvolvimento, independência e justiça social. O livro, portanto, se apresenta como a *República* de Platão (428-347 a.C.) às avessas, seja por apresentar uma politeia distópica, porquanto a crítica feita no presente não encontra solução no futuro, seja porque a república revelada no agora está plenamente realizada pelos e para os piores, não pelos melhores em termos de ética, inteligência ou governança.

As partes do livro correspondem à divisão da república iluminista em três poderes, mas desequilibrados, uma vez que as ditaduras solapam os ditos pesos e contrapesos da democracia. Assim, o Poder Executivo é denominado "Palácio das Ordens", pois que o presidente mandatário não foi eleito pelo voto direto ou indireto, mas escolhido entre o generalato das Forças Armadas. Sem ter suas habilidades questionada diretamente pelas urnas ou indiretamente por eleições legislativas, também controladas pelo estado num sistema de bipartidarismo artificial, os presidentes militares nunca deixavam de ser generais, de governarem o país como um quartel e de fazer do Palácio do Planalto (nome, aliás, sugerido em *Planoplenário*) um eterno Ministério da Guerra. O Poder Legislativo, que funciona num dos prédios mais icônicos de Brasília, vira "Palácio das Leis", como se ali não houvesse mais a pessoa do legislador, encarnação da representação popular. Assim com o Poder Judiciário, dito "Palácio dos Juízos", o foco fecha no dito "quem tem juízo obedece", em vez de enquadrar a função da Suprema Corte em proteger os cidadãos. Como a Ditadura governava antes por atos do que por uma constituição, o simulacro de sistema democrático é frisado por Chamie ao pensar os palácios desenhados por Oscar Niemeyer (1907-2012) e não em seus conteúdos. Assim, os poderes viram prédios esvaziados de suas funções práticas e valores simbólicos.

Cada uma das partes é enunciada como programa de um espetáculo previsível, como os comandos de uma inteligência artificial que só gera dados em acordos pré-definidos, no caso, o parecer-se democrático e defensor das liberdades individuais. Somos jogados, aparentemente, na posse do general Ernesto Geisel (1907-1996), "na posse deste tetrarca / na sagração de teu reino". Um sujeito sem voto nem nobreza empossado numa cerimônia cômica, cheia de simbolismos hieráticos e religiosos que não passam de figuração. Tudo emanará dessa falha original, daí esta ser a maior seção do livro. Tomada as rédeas do poder ditatorial, o presidente faz o que se espera: dita regras *ad nauseam* em estilo decretamental.

Furando os decretos, em tom de cochicho ao pé do ouvido ou ao pé da página, o poeta questiona a legitimidade desse poder. Nos versos de "sobre a obediência", por exemplo, percebemos essa linguagem dupla, espécie de antídoto contra o duplipensar de estado. O poeta é ameaçado pelo centro ditador, e mesmo sob *pena* de ser silenciado e preso, sua *pena* de escritor fala em itálico. Eis a diáfora a partir da palavra *pena*, subvertendo a obediência que, mesmo seguida na aparência vida cotidiana, não abala a essência do poeta, cuja ética sabe os truques da seita fardada no poder.

MENSAGENS AO CONSELHO

3. sobre a obediência

§

a cátedra deste ornamento
do Primaz do heresiarca
dita e lança esta mensagem
sob os caibros deste lustre
sob as contas deste ajuste
neste véu da intransigência
para o bem da obediência
sob a nossa Primazia
contra a noite deste dia.

a rebeldia do teu rosto
sob o cetro do meu trono:

– *contra a crista do teu galo nesta aurora /*
o aço dos meus dentes na lixa desta espora.

contra a festa dos teus gestos sem barreiras /
a ética dos meus vetos nesta igreja.
contra o vezo de teus ares neste arroubo /
o peso de meus pares neste arrocho –

rogo e rejo
na crença de minha fidúcia
a tábua de minha lei na pena de tua astúcia.

Cada parte, ainda, pode operar como auto, ao modo cabralino, só que mais coral e sem a geografia bem localizada. Chamie cria tal efeito vocal simulando certa simultaneidade comum à música, à festa de rua ou ao movimento social em assembleia que a letra, ou a ditadura da sequência tipográfica, não permite. A estrutura do livro se coloca como complexidade colossal, como algo impossível do cidadão comum abraçar ou compreender. É a ideia de que o Estado mostrar-se-ia numa governança tão complexa, que não caberia ao povo participar de suas decisões e gerência. Talvez por isso as três seções dedicadas aos cidadãos serem diminutas, quase que esmagadas pelas estruturas de poderes.

No "Palácio das Leis", quando o poeta simula as vozes à direita, ao centro e à esquerda, a polifonia de interesses mostra que qualquer conciliação precisaria ser arduamente construída, como seria, de fato, na Assembleia Constituinte de 1988. Até lá e mesmoa lá, o cidadão muito escuta sobre seu destino e pouco fala. Em todos os pontos do espectro político fala-se em nome do povo, defende-se o povo, na real, por fora do debate que ele ouve no radinho de pilha apenas aos sábados, pois nos demais dias úteis é trabalho e trabalho. Numa habitação qualquer da *Megalópolis* (1973) de Leon Hirszman (1937-1987), um cidadão ouve sobre seu futuro.

Sábado na hora da escuta

por fora
nesta hora
estou estamos na poltrona.
o sábado:
seu macio beladona
nos prende na onda
no baixo letal veneno da sombra
cômoda.

na poltrona do sossego
estou estamos no centro
das ondas longas
das ondas curtas
da língua suja
da mesma fria
NOTÍCIA
com sua asma
com seu fantasma
de sentença coletiva.

estou estamos na ilha
sob os raios de rádium
onde estando estamos
com o rádio de pilha.
(...)

E aqui desfecho esta breve apresentação, nada mais que um passeio roteirizado pelos principais livros de Chamie, que seguiu cultivando sua lavra poética até o século XXI, bem como a reflexão crítico-teórica. A pretensão nunca foi esgotar as incontáveis questões em torno e no âmago dessa poesia, mas chegar a sua superfície e abrir algumas portas para apreciação do leitor e aprofundamento de professores e pesquisadores. Todo poeta capaz de pensar a complexidade do Brasil importa, independentemente de gostos e alinhamentos estéticos ou ideológicos. Ler a fundo meia dúzia de poetas românticos, modernistas ou contemporâneos não dá a dimensão da nossa enorme, contraditória e tensa poesia literária, e isso para não entrar na seara dos versos orais, coletivos, performáticos e musicais. Ler o *Objeto Selvagem* a partir de seu tempo e em perspectiva com que vivemos hoje, resistindo aos ataques diários à democracia, é um ótimo exercício para expandir nossos conhecimentos sobre poesia e cultura brasileiras.

Referências bibliográficas

Araújo, Gilberto. Sinal verde para o poeta. *Fórum de Literatura Brasileira Contemporânea*, v. 8 no. 16, 2016.

Campos, Augusto de; Pignatari, Décio; Campos, Haroldo de. *Teoria da poesia concreta: textos críticos e manifestos 1950-1960*. Cotia: Ateliê, 2006.

Cândido, Antônio. *Os parceiros do Rio Bonito: estudo sobre o caipira paulista e a transformação dos seus meios de vida* [1964]. São Paulo: Duas Cidades/Editora 34, 2001.

Carvalho, Elba. *Da poesia concreta ao poema processo: um passeio pelo fio da navalha*. Dissertação de mestrado. São Paulo: Universidade de São Paulo, 2002.

Chamie, Mário. *Indústria*. São Paulo: Edição Mirante das Artes, 1967.

___. *Instauração praxis I: manifestos, plataformas, textos e documentos críticos – 1959 a 1972*. São Paulo: Edições Quíron, 1974.

___. *Instauração praxis II: textos e documentos críticos – 1959 a 1972*. São Paulo: Edições Quíron, 1974.

___. *Lavra Lavra*. São Paulo: Massao Ohno Editora, 1962.

O AUTOR

Mário Chamie (1933-2011) nasceu em Cajobi, estado de São Paulo. Formou-se em Ciências Jurídicas e Sociais pela Faculdade de Direito da Universidade de S. Paulo. Casado com a artista gráfica Emilie Chamie, foi professor de Fundamentos Científicos da Teoria da Comunicação. Poeta, crítico e ensaísta, estreou em 1955 com o livro **Espaço Inaugural.**

Em 1958 obteve, com **Os Rodízios**, o Prêmio Nacional de Poesia. Em 1962, **Lavra Lavra** venceu o Prêmio Jabuti. No mesmo ano, Chamie fundou e dirigiu a revista **Praxis,** destinada à vanguarda cultural brasileira, com colaboradores como o poeta Cassiano Ricardo, o filósofo José Guilherme Merquior e os cineastas Cacá Diegues e Jean-Claude Bernardet.

Em 1963, a serviço do Itamaraty, proferiu conferências sobre a nova literatura na Itália, Alemanha, Suíça, Líbano, Egito, e Síria. Em 1964, a convite do Departamento de Cultura do Departamento de Estado do Governo dos EUA, organizou e realizou palestras sobre a vanguarda artística nas Universidades de Nova York, Columbia, Harvard, Princeton, Wisconsin e California.

Com a publicação dos dois volumes de **Instauração Praxis** em 1974, Chamie recebeu o Prêmio Nacional de Crítica da Fundação Cultural de Brasília. No mesmo ano, com os originais do livro de ensaios **A Linguagem Virtual,** conquistou o Prêmio Governador do Estado de S. Paulo, do Conselho Estadual de Cultura.

Foi ainda contemplado em 1974 pelo seu programa **Dimensão 2** (TV Cultura, Canal 2, S. Paulo, Direção de Antônio Abujamra) com o Prêmio de Melhor Programa Cultural de Televisão, concedido pela APCA (Associação Paulista dos Críticos de Arte). Dois anos depois, pela publicação de **A Linguagem Virtual**, voltou a receber do APCA o Prêmio de Melhor Livro de Estudos Literários do ano.

Como poeta e intelectual, Chamie foi uma força provocadora nas artes de seu tempo. Crítico e pensador da engenharia poética, afastou-se do concretismo, divergindo da sua corrente principal, dos irmãos Haroldo e Augusto de Campos, que chamou de "vanguarda velha".

Polêmico, enfrentou os que procuraram cancelá-lo, por sua gestão como secretário de Cultura de um governo conservador, de Reynaldo de Barros, na prefeitura de São Paulo, embora tenha reunido uma equipe técnica, escolhida sem matizes políticos. Na sua gestão, entre 1979 e 1983, inaugurou o Centro Cultural São Paulo, um dos maiores complexos de atividades culturais multidisciplinares do país.

Seu maior legado, porém, é a sua obra poética, enfeixada no volume **Objeto Selvagem**, por meio do qual Chamie se impõe como uma presença tão ligada aos desafios de seu tempo quanto ainda única, inovadora e indispensável, com um lugar reservado dentro da linhagem dos grandes poetas brasileiros contemporâneos e de todos os tempos.

OBRAS

Poema/poema praxis/textor

Espaço Inaugural (1951 a 1955) - 1955 - Edições Leia - SP

Configurações (1956) - 1977 - Edições Quíron - SP

O Lugar (1953 a 1955) - 1957 - Edição XI de Agosto - SP

Os Rodízios (1955 a 1956) - janeiro de 1958 - Clube de Poesia - Primeiro Prêmio Nacional de Poesia - SP

Lavra Lavra (poema praxis, 1958/9) - janeiro de 1962 - Massao Ohno Editora - Prêmio Jabuti/62 - SP

Now Tomorrow Mau (1962) - intertexto praxis - 1963 - Edição Praxis - SP

Indústria (textor, 1961 a 1964) - 1967 - Edição de Mirante das Artes, Etc. - SP

Conquista de Terreno (1968) - 1977 - Edições Quíron - SP

Planoplenário (1968 a 1972) - 1974 - Edição Praxis - SP

Ensaio

Palavra-Levantamento (1960) - 1963 - Livraria S. José - Rio de Janeiro

Alguns Problemas e Argumentos (1959 a 1963) - 1969 - Conselho Estadual de Cultura - SP

Intertexto (1962 a 1968) - 1970 - Edição Praxis - SP

A Transgressão do Texto (1970) - 1972 - Edição Praxis - SP

Instauração Praxis (1959 a 1972) - 2 volumes - Prêmio Nacional de Ensaio (Fundação Cultural de Brasilia) - 1974 - Edições Quíron - SP

A Linguagem Virtual (1963 a 1973) - Prêmio Governador do Estado de S. Paulo e Prêmio da Associação Paulista dos Críticos de Arte (1974 e 1976) - 1976 - Edições Quíron - SP

Sumário